尤今小语

尤今小语

把自己放进汤里

欢喜的豆花 抑郁的茄子

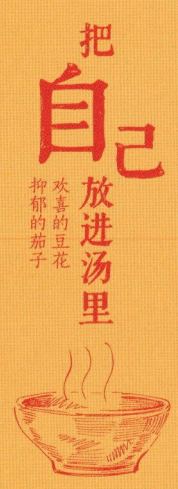

有这样一段话，我喜欢里面的味道：
"料理食物就像料理人生，品尝美食就像品味人生。"

在食物里，有感情、有哲学，更有眼泪和感动。

深圳出版社

［新加坡］尤今 著

把自己放进汤里

欢喜的豆花
抑郁的茄子

深圳出版社

图书在版编目（CIP）数据

把自己放进汤里：欢喜的豆花，抑郁的茄子 /（新加坡）尤今著. -- 深圳：深圳出版社，2014.6（2023.6重印）

（尤今小语系列）

ISBN 978-7-5507-0986-7

Ⅰ.①把… Ⅱ.①尤… Ⅲ.①散文集-新加坡-现代 Ⅳ.①I339.65

中国国家版本馆CIP数据核字（2023）第058630号

图字：19-2020-057号

本书中文简体字版由尤今授权深圳出版社有限责任公司在中国内地出版发行。该出版权受法律保护，未经书面同意，任何机构与个人不得以任何形式进行复制、转载。

把自己放进汤里：欢喜的豆花，抑郁的茄子
BA ZIJI FANGJIN TANG LI：HUANXI DE DOUHUA，YIYU DE QIEZI

出 品 人	聂雄前
责任编辑	许全军　林凌珠
责任校对	张　玫
责任技编	梁立新
装帧设计	知行格致

出版发行	深圳出版社
地　　址	深圳市彩田南路海天综合大厦　（518033）
网　　址	www.htph.com.cn
订购电话	0755-83460239（邮购、团购）
设计制作	深圳市知行格致文化传播有限公司
印　　刷	深圳市汇亿丰印刷科技有限公司
开　　本	889mm×1194mm　1/32
印　　张	6.5
字　　数	140千字
版　　次	2014年6月第1版
印　　次	2023年6月第4次
定　　价	32.00元

版权所有，侵权必究。凡有印装质量问题，我社负责调换
法律顾问：苑景会律师 502039234@qq.com

自序

上好的豆花，常常让我联想起上佳的丝绸。

极白、极软、极滑、极细致，像一个温柔的梦。

小的时候，家在陋巷，巷子里常有此起彼落的叫卖声。

卖豆花的，是一名沉默寡言的中年男子，他的声音，沙哑而沧桑，好像宋朝的人在呼唤唐朝的一个魂魄：

"豆——花，豆——花啊！"

我们像鸟一样从屋里飞出去，喧嚣而快乐。

豆花，是安安稳稳地睡在古朴的圆形木桶里的，雪般的白、水般的滑、棉絮一样的软。中年男子用木勺小心翼翼地舀豆花，一勺一勺，慢慢地、轻轻地，生怕手势一重，便会惊醒一桶甜香的好梦。捧在手里的那碗豆花，丰满而又纯洁，是一种毫无瑕疵的完美。

在那捉襟见肘的童年里，这样的一碗豆花，是美丽的憧憬，也是扎实的满足。有时，家里缺菜少肉，母亲便多买几碗，不加糖，晚上，将豆花连同香喷喷的猪油和热腾腾的白米饭搅拌在一起，洒上几滴酱油、放一撮葱花，哇哇哇，那个滋味呵，简直是惊心动魄的好。

有许多个清风徐来的午后，无所事事的街坊在忙忙碌碌地串门子时，把街头巷尾的大事小事在长长的舌根底下嚼了又嚼，豆花汉子的故事，就这样不经意地飘进了耳际。

他早年丧偶，膝下无子。老母高龄八十，被他以制作豆花一样的心情无微不至地照顾着。他对自己要求极高，豆花每天"限量"做两桶，尽善尽美的两桶，白白嫩嫩、滑滑软软的两桶。卖完了，便收工回家当老莱子。偶尔豆花做不出他所要的那种嫩度和滑度，他便秉持着"宁为玉碎、不为瓦全"的精神，倒掉重做，务使做出来的豆花看起来可爱、吃起来可口，在记忆中永远风味可人。

豆花不撒谎。

他投注了多少心力多少心思、放进了多少精神多少努力，豆花都以无声的语言明明白白而又坦坦率率地说出来。

岁月流逝无声，在成长与成熟的漫长过程中，许多斑斓的梦想萎蔫地夭折了，与此同时，也有许多璀璨的愿望圆满地实现。然而，所有的挫折与摔跤、一切的成就与风光，在我而言，都只是人生的一种历程——得意无须张扬，失意也不必隐瞒。

我真正重视的，是生活的精神素质。我从不让日子马虎草率地从指隙溜走，反之，我慎重地为每一个日子髹上珍珠般的亮泽，让它慢慢慢慢地从我心上流过、流过……

我真正在意的，是性情的陶冶。我不会因为某些鸡毛蒜皮的琐事而耿耿于怀，却往往会因为一些微不足道的小事而静静快乐。

平凡就是幸福，捧着一碗美如白玉的豆花，我便会切实地感觉快乐的浪花从心底翻涌出来。然而，同是豆花，却不是每碗都完美如斯的。

豆花老实，它不时会遗憾地告诉我盐卤与黄豆结合失败的故事。失败的产品粗糙、松弛、生硬，像惨白的面团，沉滞、沉抑、沉甸甸，面目丑陋得近乎狰狞。

失败可能有多方面的原因，然而，最大的关键仍在于豆花制作者努力不足、用心不够、用神不专。

豆花不撒谎。

文字也不。

身为一名终生笔耕不辍的人,我时时刻刻都在细心、虚心而耐心地聆听我笔下的文字对我说话,我分分秒秒都做好再次冲刺的准备。

实际上,除了豆花之外,人世间的每一种食品都会说话、都在说话,唯它们说的都是无声的语言,有心人才能听得到。

我时时刻刻都在细心地聆听、学习。

在《把自己放进汤里——欢喜的豆花,抑郁的茄子》这部作品里,我尝试从食物里观看大千世界、我尝试从炊烟中领悟人生道理。

衷心感谢海天出版社,为我在中国推出"尤今小语"一套四部反映我人生哲学的小品文。这四部作品是:《走路的云——用脚步丈量世界,品味生命》《把自己放进汤里——欢喜的豆花,抑郁的茄子》《倾听呼吸的声音——回首岁月,种一株快乐的树》《清风徐来——在门外挂串风铃,叮叮咚咚》。

一直相信,文字是最好的桥梁,它能让一颗颗陌生的心灵靠拢;而"尤今小语",就是美丽坚实的精神桥梁。

谢谢海天出版社的许全军先生和新加坡玲子传媒私人有限公司的林得楠先生,他们以最大的诚意,全力促成了"尤今小语"在中国的面世。

2014 年 1 月 1 日

目 录

把自己放进汤里	1
欢喜的豆花	3
茄子	5
大地的耳朵	6
米饼	8
拉面	9
太空榴莲	10
印度奶茶	11
日本绿茶	12
皇印	13
丁香八角	14
饺子	15
味精	17
茶叶	18
幸运饼	19
臭豆腐	20
果子冻	22
胡萝卜	24
果实	25
豆沙面包	27
芥菜猪肉	28
油炸冰淇淋	29
菌	30
一锅补品	31
烘焙心情	32
柿子	34
蜡黄的饭干	36
瓦钵	38
豆浆	40
臭豆腐	42
魔芋	44
虾	46

红糟鸡	48
吃鼠记	50
酵母	52
豆渣	54
苍蝇戏汤	56
饭团	58
炭炉与煤气炉	60
易煮速食餐	62
火腿肉	63
以毒攻毒	64
煎鱼	65
苦瓜	67
黄豆	68
杏仁饼	69
冷鸡	70
胡萝卜蛋糕	72
辣椒	73
豆花	74
烙饼	76
椰汁辣鱼	77
臭豆	78
情怯	79
炒栗子	80
柠檬加甘蔗	81
荔枝茶	82
柿子	83
酿蟹壳	85
鸭	86
吃鸡百法	87
猪魂	90
香喷喷的童年	93
开水白菜	95

家传菜	97
饭香	99
"三心"话烹饪	102
作家与厨事	104
液状黑宝石	107
蛋糕生病了	109
百味面包	111
醋的故事	114
家宴	116
滴滴皆辛苦	119
三代炊事	121
番荔枝	124
蛋香笑影	126
腐乳风情	128
海参	130
年糕	132

薄饼	134
无锡排骨	136
胆固醇这鬼	138
棺材板	140
月饼	143
胎记	145
杏仁香	148
腊味	151
食客	154
米饭和烙饼	157
包菜与洋葱	161
白果	162
返璞归真	163
巧克力蛋糕	164
考验	165
鱼刺	166

3

仅此一次	167
杀蚁记	168
金箔	170
粥	171
水晶球	172
过滤器	174
稀有品种	175
豆腐穿针孔	176
风干的胃囊	178
镜子	181
绿色的云	183
敬业乐业	185
麦芽糖	188
玉手镯和糯米糍	189

把自己放进汤里

"牛肉没有什么特别,胡椒也很普通,洋葱也是市面上可以买得到的,但是当我把自己也放进去时,一切就不一样了。"

那濡湿柔软的面团,冷冷地躺着。揉面师傅的双手,有感情,有力道,在他专注虔诚地拿拿捏捏、搓搓揉揉之下,那原本苍白委顿的面团,蓦地醒了、活了,它变得有弹性、有亮泽;这时,技艺精湛的师傅,手势灵活地将富于张力的面条朝左右两边拉得长长的,一分为二,二分为四,四分为八,越拉越细、越细越长,拉出了满手的婀娜多姿。新鲜拉好的面条,软、滑、松、爽、韧,口感极佳。

拉面,已成为日本人的国民食品,男女老少,无一不爱;东南西北,处处风靡,可以这么说,它已成了日本社会文化之一。

日本拉面,源于中国。十七世纪,明末大儒朱舜水反清失败,潜逃至日本,把拉面技艺也带去了,拉面自此在日本传开,迄今已有三百多年历史。在日本的新横滨,还设有一所拉面博物馆呐!

汤,是拉面的灵魂。每家拉面馆都有自己熬汤的秘诀,而每家拉面馆的汤,都有自己独一无二的味道。熬不出好汤的店子,不管面条拉得多么出色,都是"门前冷落车马稀"的。

日本脍炙人口的纪实节目《抢救贫穷大作战》,便拍摄了一个关于拉面的动人故事。主角雄一,十八岁那年罹患怪病,动了手术,左边身体行动不便,上不了大学。身为白领阶层的父亲,爱子心切,辞去高职,开了一家拉面店，与儿子一起经营。可是，父子两人，都没有经验，又不去拜师，只靠书本学来的一点皮毛知识，便开店营业，结果呢，煮出来的面汤，淡而无味，一层厚油顾影自怜地浮在上面，自然门可罗雀啦！

日本电视台伸出援手，安排一名被誉为"九州之龙"的拉面大师森山日达一传授他们技艺。这位设有多家分店的拉面大王，以"极品高汤"遐迩闻名，他的拉面，爽口不腻；他的面汤，浓郁丰润。他的座右铭是：要拉出客人爱吃的面，首先自己必须成为"爱拉面的拉面狂"；而要熬出"风情万种"的汤，除了熬汤的基本材料如猪骨、鸡肉、菜蔬等之外，最重要的是把自己全部的"热情"也放下去熬煮。雄一父子，冲劲不足，热诚不够，虽然花费了许多时间于学艺上，可是，煮出来的东西，依然被森山大师评为"敷衍的拉面、隔夜的汤水"。雄一父子痛定思痛，铆足全劲，下足苦功，才有了不同的成果。

这使我想起了一则在杂志上读及的小故事：一位富豪请了一名手艺非凡的厨师掌勺，做出来的罗宋汤口味一绝。问他秘诀何在，厨师认真不苟地答道："**牛肉没有什么特别，胡椒也很普通，洋葱也是市面上可以买得到的，但是当我把自己也放进去时，一切就不一样了。**"

表面上看来，拉面汤和罗宋汤说的都是煮汤的艺术，实际上，两者所要阐扬的，却是一种美丽的人生哲学。

欢喜的豆花

一点儿也没错，不论做的是什么，如果没有加入一颗"欢喜的心"，纵是全世界最好的原料，也还是会白白地被糟蹋的。

在新加坡，售卖豆花的摊子无处不有，尽管制作方法大同小异而制作原料又全无差异，奇怪的是：每一摊豆花的水平都迥然不同，而且，差别极大。

上好的豆花，犹如春天之湖水，活的、鲜的，它轻若无物，滑至极致，轻尝一口，便使人油然生出"众里寻他千百度，那人却在灯火阑珊处"那种心魂俱醉的感觉！

质劣的豆花，宛如冬天之死水，沉滞的、笨拙的、原始的，它糜软而又粗涩，口感极差，吃了以后，舌头和感觉齐齐受伤。

一回，与一位经验丰富而胸有点墨的豆花制作师傅攀谈，他侃侃地说：

"表面上看起来，豆花制作程序简单而刻板，人人可做，人人会做。细究起来，学问可大啰！黄豆一年收成两次，那些刚收割下来的黄豆，新鲜饱满，榨取出来的汁液，嫩滑清香，极为可口。然而，黄豆储存了一段日子之后，表面上看起来虽然还是黄灿灿、圆滚滚、滑溜溜的，可是，黄豆内部却悄悄起了变化——变干、变瘪、变质、变味，用这种黄豆去做豆花，品质当然不会好啦！此外，由于气候土质的差异，来自不同国家的黄豆，特质也不一样；有些较易发酵，浸水之后，还没有到预定的时间，便冒出了泡泡，这时，必须赶紧把水滤掉，加速制作，否则，豆花便会有酸味啦！另有些黄豆，却得浸上较长的时间，才能软得透彻。"

他接着说了一个真实的小故事：有一年，加拿大的气候起了反常的变化，严重地影响了黄豆的生长。以那批劣质黄豆做成的豆花，惊人地粗糙。他把犹如砂纸般的豆花一桶又一桶地倒掉，心情十分沮丧。后来，换了一批黄豆，做出的豆花，便又恢复了如丝似绸的上佳水准了。

啊，小小的黄豆，竟然蕴藏着大大的学问——对待它，既不能"一视同仁"，也不可以"一成不变"，必须随机应变、必须因势利导。有些人，浸了黄豆便让它自生自灭，既不严密监督，也不灵活变通，一板一眼地"照章行事"，当然永远就只能做出蹩脚的豆花了。做一行而不知一行，又岂能崭露头角！

攀谈至此，豆花师傅忽然露出了一个深谙世情的微笑，继续说道：

"其实，豆花能不能做得好，还有一个关键性的因素：那就是心情。如果开开心心的，做出来的豆花必定亮亮滑滑的；反之，如果心情阴悒，豆花也就会粗糙不堪，甚至，内部还会出现坑坑洼洼的小窟窿呐！"

一点儿也没错，不论做的是什么，如果没有加入一颗"欢喜的心"，纵是全世界最好的原料，也还是会白白地被糟蹋的。

万事万物，各行各业，莫不如此。

茄子

> 一条失去自我的茄子，也同时是一条没有尊严的茄子。
> 它将抑郁终生。

朋友以拳拳之忱请我到老远一家餐馆用餐，刻意推荐招牌菜"点石成金"。他说："许多本来不爱吃茄子的人都爱上这道菜，因为它虽是茄子，却全无茄子味。"

茄子，切成食指般大小，为深褐色的特制酱料腌得面目全非，炸得很透、很香、很脆；大酸、大甜、大辣。它"百味杂陈"，独独没有的，是茄子味。

菜馆东主洋洋得意地说："厨师反复试验多次才成功的呐！"

这时，我仿佛听到了盘中茄子委屈地呜咽。

茄子好吃，只因它有着无可取代的茄子味，然而，现在，厨师冷漠地扭曲它的外形、无情地剥夺它的本性、轻浮地污染它的颜色，恣意将它改造成三不像的东西，居然还大言不惭地美其名曰"点石成金"！

茄子如果会说话，恐怕也会大声抗议吧！

啊，如果它生下来是一条茄子，那么，就让它做一条快乐的茄子吧！不要将一己的欲望硬硬加诸它，更不要以自我的意愿强强去改变它。

一条失去自我的茄子，也同时是一条没有尊严的茄子。

它将抑郁终生。

大地的耳朵

我们在无数无数半真半假的故事中成长,我们在一则一则白色的谎言里接受了许许多多原本为我们所抗拒的东西,那样的一种成长过程,幸福而美好,而全心全意地相信冬菇是「大地的耳朵」的那些年月,是人生的无尘岁月,澄净明洁。

小时候,讨厌冬菇,嫌它丑。黑黑的一朵,像巫婆身上诡谲的袍子,每每在饭桌上见到它,筷子总绕道而逃;弟弟受我影响,也把冬菇当敌人。

妈妈的拿手好菜是冬菇焖鸡,我一见便皱眉,觉得大好鸡肉被那可憎的冬菇白白糟蹋了。聪明的妈妈,察觉了我和弟弟的异状,一回,刻意以筷子夹起了一朵冬菇,微笑地问:"你们看,这像什么?"我瓮声瓮气地应:"黑色的鬼。"弟弟鹦鹉学舌,也说:"像鬼,黑色的鬼。"妈妈好脾气地应:"冬菇不是鬼啦,它是大地的耳朵。"嘿,大地的耳朵?这个新鲜的比喻霎时把我和弟弟的好奇心全撩起了,我们俩齐齐竖起四只耳朵来听,妈妈饶具兴味地说道:"人间每天都有许多有趣的事情发生,大地好奇,便把长长的耳朵伸出地面来听。"经妈妈这么一形容,那朵圆圆的冬菇落在眼里,果然像足了一只铆足全劲来偷听的耳朵。妈妈继续说道:"大地的耳朵,听觉敏锐,你们吃了它,同样可以拥有耳听千里的能力!"耳听千里?呜哇,太棒了呀!我和弟弟的筷子,都不约而同地伸向了盘子里那一只只"大地的耳朵"……

万万没有料到,这一吃,便上瘾了。

品质上好的冬菇,巨大肥厚,一触及嘴唇,便有一种绵密温厚的感觉;在与鸡肉长时间焖煮的过程当中,它吸尽了肉的精华,吃起来像是一块嫩滑的黑色油膏,但又绝对没有脂肪那种油腻感,这种绚烂的丰采是独树一帜的。

盲目地相信冬菇有助听觉,吃着吃着,果然便养成了"耳听八面"的能力。然而,有时,不小心听到了一些流长蜚短的谣言,听到了一些令人义愤填膺的负面消息,听到了一些叫人恶心的言谈,我便衷心希望,我不曾吃过那么多的冬菇。

小小一道冬菇焖鸡,盛满了童年的快乐回忆,还有温馨的伦常亲情,每回闻到那一股熟悉的味道,母亲慧黠的笑容,便清晰浮现。**我们在无数无数半真半假的故事中成长,我们在一则一则白色的谎言里接受了许许多多原本为我们所抗拒的东西,那样的一种成长过程,幸福而美好;而全心全意地相信冬菇是"大地的耳朵"的那些年月,是人生的无尘岁月,澄净明洁。**

成长、成家之后,冬菇焖鸡,也成了我的拿手好菜,肥肥的冬菇丰满柔软,味儿隽永。可是,历史重演,我亲爱的孩子竟也不喜欢那一朵一朵黑黑好似梦魇一般的冬菇。我于是刻意用筷子夹起了一朵冬菇,微笑地问:"看,这像什么?"孩子缺乏我天马行空的想象力,老老实实地应:"像冬菇。"我说:"不是啦,它们是大地的耳朵……"这时,三双墨黑的眸子专注地盯着我看,晶晶的亮光,为饭桌上那盘冬菇镀上了一层美丽的釉彩……

米饼

喜欢婆婆做的米饼。

细细的米粒,发了生死与共的誓言,紧紧相粘,呈现晶光灿烂的金黄色。

这米饼,可不是寻常的零食,它有着一种特殊的、丰富的内涵。婆婆将吃剩的隔夜饭平平地摊在阳光底下晒。丰满柔软的米粒,贪婪地吸收阳光的温热、发狂地吞食阳光的养分,然后,费劲而又费心地将自身的香味浓缩在一方小若露珠的世界里。

婆婆把镀着阳光亮泽的饭粒放进滚烫的油里,炸。饭粒欢腾跳跃,满屋都是喧哗的香味。炸好的饭粒,还得放入浓稠的糖液里搅动,让它优雅地凝结成块。做好的米饼,拿在手里,轻若无物;入口一咬,金碎玉裂,整个口腔,窜满了米饭隽永的香味,而在米粒和米粒之间的缝隙中,又神神秘秘地溢出了沁心的甜味,实在好吃。

这香脆可口的米饼,老少咸宜,而且,可以久存不坏。

婆婆说:"孩子嘴馋,乡下地方,缺这缺那,做母亲的,也只有利用吃不完的隔夜饭来变新花样了。"

小小一方米饼,裹着母亲细细腻腻、深深长长的爱心。现代的孩子,有着比米饼丰富千百倍的零食,可是,掰开零食来看,里面却是空空的,因为啊,母亲的心,千丝万缕,全都缠在繁华都市一天二十四小时忙不完的工作上。

拉面

> 原始材料，就像是那略具香味而面目模糊的大面团，作者必须以他千锤百炼的功夫，搓揉它、拉扯它、改造它，赋予它一种全新的面貌与生命。

看师傅表演拉面功夫，是一种赏心悦目的享受。

将混混沌沌的大面团扎扎实实地拿在手里，以灵巧的手势左拉右扯，原本那涨涨胖胖的面团，奇迹般地变得修修长长的。接着，师傅双手合拢，再拉、再扯；又拉、又扯，面团越变越瘦，瘦到极致，忽然起了魔术般的变化，一条变两条，两条变四条，四条变八条；他的动作愈来愈快、愈快愈利索，只看到一团模糊的光影被他不停地拉拉扯扯、扯扯拉拉；分分合合、合合分分，面条越变越细、越细越多，最后，大功告成，左右两手，都是娉娉婷婷、秀里秀气、纤纤细细的面条，流苏似的垂在掌上。

这时，拉面的人，在淋漓的汗水里，露出了满意的微笑。

我觉得拉面与文艺创作的过程十分相似。

原始材料，就像是那略具香味而面目模糊的大面团，作者必须以他千锤百炼的功夫，搓揉它、拉扯它、改造它，赋予它一种全新的面貌与生命。

一番大辛苦之后，面团脱胎换骨地变成了各有千秋的细面、扁面、生面、伊面、福建面，等等等等。

最惨不忍睹的一种情形是：师傅把粗糙的面团整个捧上桌来，洋洋得意地美其名为"敝帚自珍"。

太空榴莲

在芽笼区的那家店子里乍然看到这类"异种"榴莲时,还以为是塑胶样品。比巴掌略大,色呈嫩绿。刺尖长,不扎手,触之,软中带有弹性。

店东大吹大擂:"这异种榴莲,形状好像是太空里的流星,号称太空榴莲。它产自金马仑,三年才结果一次。性极补,吃了浑身燥热,下雪打霜,也不觉得寒冷。你试试吧,包你一吃上瘾。"

每公斤18元(新加坡元,1元约合4.78元人民币),选了一颗,半公斤。剥开,四瓣,总共四包肉,肉色橙黄。入口一尝,立刻便有个大大的问号从味蕾上弹了出来:它的肉质黏糊糊的,很有榴莲感,可是,味儿呢,却是清清甜甜的,像极了哈密瓜,可说是个外形与内在南辕北辙的"怪物"。

听我这一说,店东便猛猛点头:"是呀是呀,你把它放进车子里,不一会儿,整个车厢,满满都是哈密瓜的芳香。"

店东的语调,溢满了掩抑不住的得意,殊不知"长了榴莲的貌而不具榴莲的味",却正是这"太空榴莲"最大的致命伤!

谁要吃赝品呢?

从事艺术工作者,当能从"太空榴莲"中取得很好的启示。

印度奶茶

在克拉码头这个印度茶摊前,我驻足而观。

浓浓的奶茶,在那名印度人的调弄下,化成了一道瘦瘦的瀑布,灵活万分地上下流动,闪烁的金光,在墨黑夜空的衬托下,显得异常绚丽;香浓醇厚的奶茶,旖旎多情地把周遭的空气熏得香馥馥的。

看着看着,我在恍惚间竟进入了时光的隧道里。

那时,寓所附近的小巷中,有个茶摊。上学、放学,出门、返家,都看到那个年纪老迈的印度摊主,以极其年轻的手势调弄他的奶茶。长长一道金光,忽而上、忽而下,见首不见尾;粗犷奔放的茶味儿,忽而东、忽而西,巷头巷尾乱窜。

十分的动人心弦,十分的刻骨难忘。

生活本无趣,可是,他让奶茶机灵地活了、让自己尽情地乐了。在半空中飞来曳去地活动了一番的奶茶,特别香醇、特别细致。它无筋无骨、软滑如蛇,缠绵悱恻地沿喉而下,直教人生死相许。

一晃 30 年,现在,竟在游人多如恒河沙数的克拉码头与它重见。

但是,山水相逢时,山非山、水非水。看着眼前这名印度人脸上那份商业化的笑容,觉得他在游客面前卖弄的,是一种不值一哂的雕虫小技。

啊,惆怅旧欢如梦,旧欢如梦!

日本绿茶

杯子里盛着的，是上好的日本绿茶。

很淡很淡的绿色，像春天里轻轻地掠过枝头而不经意地被染绿了的风。茶味不浓，略甘，当它慢慢地流过味蕾时，动荡人心地化成了一份天长地久的记忆。

喜欢它，觉得它像是一幅恬淡隽永的水墨画。

一日，又上日本餐馆，侍役推荐一种唤作"绿茶冰淇淋"的甜品。浓艳伧俗的深青色，圆圆的一粒，孤孤独独地坐在绘着精美图案的精致小碟子上，像是千年怪兽诡谲阴冷的独眼。

初尝，难以接受；再尝，怒气渐生。茶味依稀可辨，原本的清香却被厚腻的甜味夺去了；青绿色素仍在，原来的气韵却荡然无存了。

新瓶装旧酒，却酒气全无、酒味全异；不三不四、不伦不类。

白白糟蹋了"绿茶"这个好名字，硬硬亵渎了"绿茶"这个好意境。

皇印

> 乐极生悲，一时的荣耀，竟成了永远的负累。
> 这样的故事，在人世间，不也日日上演着吗？

这鱼，只有食指般长。肉极细、极嫩、极鲜、极甜。

怪异的是：鱼的尾巴上有一个端端正正、工工整整的"印"，圆圆的，中有黑点，如豆般大，乍眼看去，好似尾巴平白无故地冒出了一颗诡谲的眼珠。

它盛产于中国南部沿海一带，相传当年乾隆皇帝下江南时，尝及这柔若无骨而肉细无渣的鱼，爱上了，着人在鱼尾上打下一记圆圆的"皇印"，三千宠爱在一身。

自此以后，这鱼，含着"银匙"出生，世世代代，尾巴上都自炫自得地烙着这个标志着至高荣耀的"皇印"，世人因此把它称为"印鱼"。

这印，使它变成"众矢之的"——整个鱼族，一代又一代，成为海洋中备受瞩目的"网中物"——被捕、被杀、被烹、被食。

乐极生悲，一时的荣耀，竟成了永远的负累。

这样的故事，在人世间，不也日日上演着吗？

丁香八角

丰腴的猪肉慷慨地以油脂为晦暗的梅菜镀上闪亮的光彩，一缕一缕袅袅冒着的烟气，使我肚子里的馋虫全都蠕蠕而动。

急急举箸，然而，仅尝一口，无辜的舌头便因惊吓而奋力抗拒。梅菜原本含蓄内蕴的香味，莫名其妙地被那不明事理的丁香八角淹没了；最糟的是：它们还喧宾夺主呐，口腔里氤氲着的，全是香料那毫不识趣的浓烈味儿。

颓然搁箸。

在昨天的聚会里，我偶然提及梅菜猪肉是我的最爱，朋友说她有烹煮这道菜肴的家传秘方，我怎么也没想到：她的家传秘方竟是"丁香八角"！

此刻，她特地为我熬煮的这一锅梅菜猪肉，成了我最大的头痛。

转送？嘿，己所不欲，勿施于人。

倒掉？唉，暴殄天物，天理难容。

考量再三，觉得让"物资回流"最为妥当。一来可以避免浪费，二来又是"投其所好"。

然而，当天，将这锅梅菜猪肉"物归原主"时，朋友脸上的表情，使我一生一世都不能原谅自己的愚蠢。

饺子

这间狭窄的小食铺，提供一流的点心。

小笼包肥圆丰满、皮薄汤浓；葱油饼金碧辉煌，酥而不油；饺子丰腴诱惑，香软嫩滑；锅贴皮脆肉鲜，芳香四溢。

每一种点心，都处心积虑地挑逗着食客的味蕾；食客的眼里、嘴里、心里，满满满满都是惊叹号。

客似云来，日日满座。

一夜，我又去光顾。唤来满桌点心，吃得痛快淋漓。

将近打烊时，来了个瘦子，要求打包60个清蒸饺子。店东看到生意上门，竟无喜色，只淡定地问："您住哪儿？"

瘦子说了，店东摇头："太远了，清蒸饺子被您提回去时，全都瘪了，不好吃。"

三言两语，硬生生地把送上门来的生意挡掉了。然而，瘦子不肯作罢，坚持打包，理由是：有朋自远方来，指定要吃这家店子的清蒸饺子。

店东沉吟半晌，才说："这样吧，我卖您60个生饺子，您回去自己把它们蒸熟了，热气腾腾地吃，可好？"

瘦子高兴万分地点头称好。

店东小心翼翼地将60个体态丰美的饺子分别盛在三个白白的盒子里，又稳稳当当地封上透明的塑胶纸，才郑重其事地交给瘦子。

瘦子步履轻快地离去了，店东伫立店内，为自己圆满巧妙地保住了饺子的质地与清誉而露出快乐的微笑。

味精

好友请我到家里去,品尝集山珍海味于一钵的名菜"佛跳墙"。

在后院里,那只淡褐色的巨型瓦钵,快乐自在地蹲在一个传统简陋的小炭炉上。一块块丑陋卑微的黑炭,被热不可当的火烧出了一种红彤彤的假象。瓦钵里的珍馐百味,在火的热力里潜心修炼、逐步自我提升,终于,修成正果、臻于化境。钵盖一掀,滚滚浓香犹如出弦之箭,"嗤嗤嗤"地迎面飞来。舀起一尝,哇哇哇,醇厚、甘香、鲜甜、细润,美到极点!

好友微笑地说:

"昨天用这炭炉熬鸡汤,足足熬了八个小时,骨头都熬烂了呢!今天,用这鸡汤与瓦钵里的配料同煮,也煮了足足六个小时呐!"

"貌不惊人"的小炭炉,煮出了"艳惊四座"的人间绝品,主要的原因是好友在长时间汗流浃背地蹲在地上生火扇风的当儿,把她以耐心包裹着的那颗爱心,当成了千金不易的"味精",与汤同熬。

茶叶

> 陋巷小店，不搞噱头，不重包装，客似云来，口碑极佳。
>
> 有真才实学的，不必打肿面孔充胖子。

在北京一间布置雅致的店铺买了一盒价格不菲的龙井茶叶。六角形的木质盒子，漆黑发亮，绘着恬丽的山水画。想象茶水入口时如吸清风、如啜山泉那种美妙无比的感觉，我未饮先醉。

然而，回家一泡，却大失所望。茶质粗劣、茶味粗糙，典型的"金玉其外，败絮其内"。

次年，到广州去，朋友知道我喜欢喝茶，特地带我去买上好的茶叶。她左弯右拐地带我走到一条陋巷去，那里，有间毫不起眼的茶庄。各式各样的茶叶，琳琅满目地躺在圆肚玻璃瓶里。瓶盖一掀，茶香扑面而来。买了两斤，店主以褐色的纸袋因陋就简地装着。

卷而未舒的茶叶，一经冲泡，变成满杯子的金碧辉煌，潋滟可爱。茶味似淡实浓，一入口，便有缕缕醇正的香味直透心脾，让人想起幽谷百合、池中莲花。

陋巷小店，不搞噱头，不重包装，客似云来，口碑极佳。

有真才实学的，不必打肿面孔充胖子。

幸运饼

在美国，上中餐馆用餐，最令孩子雀跃的，不是那一道道热气蒸腾的美味佳肴，而是饭后端上来的那一碟"幸运饼"（Fortune Cookies）。

这饼，鼓鼓囊囊的，硬硬脆脆的，一派天真无邪的样子，然而，轻轻一咬，却发现它内藏"机心"——每块饼的中央，都阴阴地裹着一张小小的字条。字条的内容，或分析性格，或预测运道；有时甜言蜜语，有时笑里藏刀；不过，阿谀的字条远比批判者多、吉利的字条远比不祥者多。

客人在饱食一顿之后，读及这些歌功颂德的马屁文字，心情格外开朗，高兴之余，便在盘子里留下丰厚小费，嘿，这"幸运饼"，可真是识时务的俊杰呐！

不过，偶尔也有不肯"同流合污"而发出"逆耳忠言"的，比如说，那一回，在华盛顿一家餐馆，我取得的字条，是这样写的："健康永远是你最大的财富"，正眉开眼笑之际，外子却满脸戏谑地把他的字条递来给我看，上面写的是："永远不要相信幸运饼所说的一切"。

说来可真凑巧，餐后，返回旅馆，不洁的食物在我肚子里兴风作浪，一整晚，忙着进出厕所，把当天的大好"财富"全部泻进了马桶里！

臭豆腐

这间位于芽笼的小食店，以现炸现卖的臭豆腐驰名四方。

那天，驱车经过，决定买回家尝尝。臭豆腐一提上手，那股难以抵挡的臭气，便猝不及防地、迤迤逦逦地沾满一手。上了开着冷气的车子，乖乖不得了，跋扈的臭气，凝成了很大很大的一团，绵密而嚣张地浮着，挥之不散，驱之不去。忍无可忍，转而放到车子后面的行李箱。臭气转移阵地，在那儿静静氤氲，悄悄膨胀，到家后，一掀开车盖，一蓬一蓬臭气，便迫不及待地扑得我一头一脸都是。

在厨房里，屏着呼吸，将它切开，嘿，这鬼东西，着实臭得叫人心慌意乱，六神无主。看着垃圾桶，很想随手一甩，与它诀别，然而，转念一想，刚才排队等了好久才买到的呢，终究不舍。

万分勉强地放入口里，一咬，哇哇哇，蕴藏在臭豆腐内那绚烂到了极致的风情，便以雷霆万钧之势飞射而出，大大地惊醒了沉睡着的味蕾。那味道，不是单一的，更不是单调的，它峰回路转、迂回多变，嚼着嚼着，甘香、酥香、腴香，但觉满嘴五光十色。

噫，败絮其外，金玉其内。那张牙舞爪的臭气，原来仅仅是虚张声势而已。

貌似冷漠的人，可能有颗炽热的心；表情如石般硬的人，可能具有比棉花更柔更软的性格。

莫以外形擅自为他人定性，给他时间，给他机会，让他好好地证实自己，说明自己。

莫以外形擅自为他人定性，给他时间，给他机会，让他好好地证实自己、说明自己。

果子冻

> 百种人物、百样性格,百种反应;事事都是游戏,处处都是学府。每天的生活,都有着无穷的乐趣。冷眼旁观,从中学习;

果子冻粉在沸水里溶解之后,试味,觉得不够甜,在玻璃罐子里舀了一大匙糖,然而,才一倒入,我便猛然省悟而惨叫出声,啊啊啊,我竟错手将盐误当作糖了!

怎么办呢?

心念急转之际,决定将错就错,将这"甜咸汇集"的果子冻带到家庭聚会去。

心里恶作剧地想道:姑且以这作为"试金石",看看各人的反应吧!

果子冻嵌入了各式水果,五颜六色,像是一幅幅"迷你型"的彩色拼图,煞是美丽。

姐姐率先取食,一吃,双眼便大放异彩,问我:"嘿,你又创新食谱啊?果冻加点盐,味道很特别嘛!"说着,又多食一块,频频点头,说,"唔,不错,不错!"姐姐当建筑师,必须常常将新点子引入她的建筑蓝图,推己及人,竟把我的失误也当成了创新的点子了。

大弟弟也吃,才咬一口,便大声嚷道:"喂,放错盐了,这么咸,好难吃啊!"毫不犹豫地把剩下的半块丢进垃圾桶里。他的批评,一针见血;他的反应,果断敏捷。弟弟是工程师,在私人企业里当经理,事务繁忙,分秒必争,他处理公务的方式和手法,也在潜意识中运用到私务上了。

幺弟呢，吃了一块，皱着眉头自言自语："咦，果子冻怎么竟会有咸味呢？"再吃一片，仔细品味，肯定了自己的第一个判断之后，转过头来问我："你是不是下错了盐？"幺弟是专科医生，人命关天，马虎不得，平日做事，总是步步为营，处处谨慎，即使是果子冻这种小事，也没忘记"大胆假设，小心求证"这一程序。

通过日常小事来分析人物性格，永远是我百玩不厌的一项"游戏"。

百种人物、百样性格、百种反应。冷眼旁观，从中学习；事事都是游戏，处处都是学府。每天的生活，都有着无穷的乐趣。

胡萝卜

> 凡事不知节制，恶果必然接踵而至。
> 中庸之道，是安全之道。

在杂志上读及一篇有关胡萝卜的报道，指出它有清血明目的功能，可以大大降低胆固醇。

掩卷，高兴地微笑。

第二天，上菜市，买了一堆胡萝卜，气喘吁吁地提回家。去皮之后，生吃它；榨汁之后，狂喝它。白天吃它、晚上喝它；渐渐地，爱上了那种吃起来脆生生的感觉、恋上了那种喝起来甜中有苦而苦中带甘的味儿，以它做早餐、用它做夜宵，弄得全身上下里里外外全都散发着充满草腥气息的胡萝卜味。女儿忍不住出言批评："妈妈呀妈妈，您快要变成兔子家族了！"

我心理作祟，觉得胡萝卜大大地疏通了我的血管，走起路来，身轻如燕；双眸也好似变得格外明亮。因此，吃得更滥、喝得更凶，肌肤相亲地与胡萝卜建立了难分难舍的关系。

一日，到弟弟家做客，当医生的弟媳无意中看到我的手掌，惊愕万分地加以审视，之后，嘱我速速到医院去作肝脏检查。

原来过量地吃胡萝卜，大量囤积的胡萝卜素已在我身上显出了恶性影响——就外在而言，肤色转成了暗沉的泥土黄；就内在而言，肝脏排除体内毒素的功能可能已受到不良的影响。

凡事不知节制，恶果必然接踵而至。

中庸之道，是安全之道。

果实

> 由惊艳而惊悸、再由惊喜而惊怒,小小一颗仙人掌果实,却让我品尝了一整个人生的滋味儿。

那一年,住在沙漠区。

一日,无意间发现屋外那坚韧挺拔的仙人掌竟结出了一球一球璀璨瑰丽的果实。那种感觉,犹如看到百岁老妪平白无故地生出个大胖儿子一样,十分刺激、十分惊喜。

累累果实,因成熟度的不同而呈现出嫩青、淡黄、橙红、艳红等色泽,好似一棵灿然生光的宝石树。

看中了一颗大熟的,喜不自抑地伸手去摘;然而,果子一落入掌心,手掌便剧痛不已,大惊之余,细细审视,这才发现:整颗果子竟密密地布满着细如绒毛而尖如钢针的刺。此刻,多如牛毛的刺,根根入掌,手一移动,便痛不可当。最为麻烦的是:它细如毫发,手指拔它不起。

找了一支极小的钳子,一根一根万分耐心地挑、夹、拔。花了一个多时辰,才勉强地清理了掌上尖刺。

心中有气,决定吃它。

戴上塑胶手套,找来刀子,毫不留情地,切!剖成两半的果肉,在鲜丽的大红里带着些许娇气的嫩黄,中有点点细如芝麻的黑色小籽,晶莹剔透地泛着亮亮的水光,煞是美丽。

入口的果肉,水分充足,味儿似柿而更胜于柿,正吃得意乱情迷时,果肉里那颗颗硬硬的黑色小籽,却大煞风景地在柔软的舌头上磨来磨去，有些还胆大包天地挤进了牙缝里；我忙着剔籽而吐，大大地影响了食趣。

　　由惊艳而惊悸、再由惊喜而惊怒，小小一颗仙人掌果实，却让我品尝了一整个人生的滋味儿。

豆沙面包

> 言过其实的宣传伎俩,往往弄巧成拙。

住家附近新开了一家面包店,一日,推出号称"独家"烘制的豆沙面包,店员逢人便推介。

一般而言,豆沙面包可分两类,一类是"名正言顺"的,柔滑如绸的豆沙,磨得细细,鞠躬尽瘁地把丰满绵软的面包塞得满满满满的,随口一咬,豆沙便排山倒海,吃得满嘴都是惊叹号。另一类呢,"欺世盗名",少少的豆沙,点缀在面包那一大片茫然的白色里,万丛白中一点红。吃它的人,要有寻宝的心情,而我,没这耐心。

店员眉飞色舞地大做宣传:

"豆沙,很多很多呐,塞满整个面包,和传统最为不同的是:这些红豆,全都是颗粒状的!"

我心想:小小一个面包,卖八毛钱,"内涵"应该不差吧?

买了。咬第一口,空空如也;吃第二口,依然一无所获。到第三口,红豆才以"犹抱琵琶半遮面"的姿态出现,粒粒可数,寥若晨星。

有上当的感觉,从此以后,不再光顾。

认真说起来,是店员当了"失职"的"大使"。在顾客求询时,她应该实话实说:"豆沙不多,不过,是颗粒状的,属于改良式的新产品。"这样一来,我在品尝时,便会把注意力放在红豆的饱满度上面,不会斤斤计较红豆的多寡。

言过其实的宣传伎俩,往往弄巧成拙。

百姓、读者、观众,都有一双雪亮的眼睛。

芥菜猪肉

朋友送了一锅芥菜焖猪肉给我。

饱饱地蕴含着猪肉香味的芥菜，绵软而不糜烂、嫩滑而不油腻；大家抢着夹、抢着吃，不一会儿，便吃光了，剩在盘子里的，是一块块干干粗粗如同木柴一般的猪肉。

向朋友讨食谱，她言简意赅地说：芥菜一公斤、猪肉一公斤，慢火焖煮两个小时，再加入糖和盐，便大功告成了。

我心中暗忖：猪肉反正没人爱吃，略略放点，应个景儿也就行了。于是，自作主张地改了食谱，买两公斤芥菜、半公斤猪肉，放在炉上，"如火如荼"地煮了起来。火候足了，掀开锅盖，舀起一尝，油水不足的芥菜，固执地保持着那种令人生气的苦味和涩味，不香又不滑，是"滑铁卢之作"。

朋友知道了，笑道："我刻意用分量均等的猪肉去养那芥菜，芥菜长时间煨在肥肉的油脂和瘦肉的甜味里，吸纳精华，自然形成了醇厚丰腴的风味，你吝于放肉，芥菜当然就只能在苦涩的特质里自我熬炼了！"

一将功成万骨枯，在众人为将军的凯旋而鼓掌欢呼时，往往忘记许许多多静静地战死于沙场的小兵小卒——愚蠢的我，在品尝着芥菜绝佳的风味时，竟然不知道这是猪肉在背后默默支撑的结果！

油炸冰淇淋

挥动着侵略旗帜的人，往往把这一点看得很清楚。

油炸冰淇淋，是一种"惨无人道"的食品。

冷冻的冰淇淋，正自得其乐地享受着自身那一份清凉爽适时，突然不明所以地被人抛进了滚烫的油锅里，在热气腾腾的沸油中备受煎熬之际，非但不许它顺应自然融化成水，还蛮横无理地要它死撑硬顶、要它保持原状、要它冰冻如故。

一番生不如死而又徒劳无功的挣扎过后，捞起，外热内冷、外脆内软，吃在口里的感觉，与其说是奇特的，不如说是诡谲的。

遂联想起"鲜鱼活吃"。

据说厨师在烹煮这道菜肴时，先煮沸一锅作恶多端的油，再从水里捞起一尾生蹦活跳的鱼，用冰冻的毛巾紧紧裹住活鱼的上半身，接着，狠狠地把它的下半身插进热不可当的沸油里，活鱼剧痛难当而又叫不出声，那种痛苦，倍加惨烈。

端上桌时，鲜鱼的下半身，熟透了、死去了；可是，上半身却还得苟延残喘地面对冷酷世情；它嘴张、泪流，但却一筹莫展。

素的、荤的，都惨遭蹂躏，只因为它们手无寸铁、只因为它们有口难言。

挥动着侵略旗帜的人，往往把这一点看得很清楚。

菌

爱，是一种菌，我被感染了；心中那份快乐，好似上了釉彩。

独自在菜市里食用斋米粉时，来了一对主仆。

主人年迈，而且，体胖。肥肥的大脸，挂着松松弛弛的赘肉，然而，比赘肉更大团的，是那一朵恬然的笑花。菲律宾籍的仆人，年轻、结实、明丽、健朗；漆黑的头发，以一条印着胡姬花图案的丝巾，扎成活泼的马尾。她小心翼翼地扶着步履蹒跚的主人，亦步亦趋地走着，来到我跟前，礼貌地征得我同意后，双双落座。

仆人利落地给主人买了斋米粉、白果粥，又给自己买了一碟烧鸡饭。

主人说："你喜欢豆花，买碗来吃吧！"

仆人推辞不过，起身去买。回来时，带了一条香脆的油条，细心地掰成小块小块的，放进主人的粥里。两个人，高高兴兴地吃了起来。

主人微笑地问："好吃吗？"仆人微笑地答："很好。"

一种温馨和谐的气氛，静静地在桌上流转着。

早晨干净而明亮的阳光，为眼前两张笑脸涂上了一层绚丽的光彩；碧绿的草地，借着无声的风，轻轻地送来了淡淡的香味儿。

爱，是一种菌，我被感染了；心中那份快乐，好似上了釉彩。

在这一刻，想起报上常读到那种主仆相斗而形成的血光之灾，竟好像是一则则荒诞不经的谎言。

一锅补品

年近八旬的六叔六婶从广州到新加坡来游玩，与他们晤面时，发现他们精神奕奕，红光满脸。

问起养生秘诀，六叔说："丹松很有孝心，每隔三两天便买冬虫草炖给我们吃。"

说这话时，他的语调，涨满了难以遏制的骄傲。

一个父亲的骄傲。

这一刻，我觉得有眼泪从心里流了出来。

曾经、曾经，我也是我父亲的骄傲啊！可是，现在，现在呢？

过了不久，丹松因公务到新加坡来了。发现她脸色红润，便发出了由衷的赞美："哇，这冬虫草，可真是老少咸宜呢，将你们一家两代都滋养得漂漂亮亮的！"

"冬虫草！"她笑了起来，"太贵了呀，好像黄金一样，哪舍得吃呢！我买冬虫草，只为了炖给爸爸妈妈吃。"

说这话时，她的语调，充满了难以掩藏的爱意。

一个女儿的爱。

这一刻，我再度觉得有眼泪从心里流了出来。

曾经、曾经，我也给过我的爸爸妈妈同样深同样长的爱呀！可是，现在，现在呢？

原来呵原来，为家里的老人炖一锅补品，居然不是一种"想有便有"的快乐！

烘焙心情

> 有时，心情发霉，百事无心。

隔壁住了一户爱尔兰籍的夫妻，一住13年。两年前他们移居澳洲，临走之际，我"敝帚自珍"地在家里做了几道菜，为他们饯行。

酒酣耳热之际，夫妻俩忽然以半开玩笑的口吻说道：

"这番远去，最怀念你家两样东西，我们担心，少了它们，可能短期内睡不着觉。"

受宠若惊，忙问是啥。

双眸笑意闪烁的珍妮慢条斯理地说道：

"约翰很习惯在你电脑打印机发出的那种富于节奏的声音里入睡；我呢，常常在蛋糕飘出的香味里进入梦乡。"顿了顿，又说，"不过，有时，也挺懊恼的，夜半被那诱人的香味侵袭，醒来之后，只闻其香，不见其形，怔怔忡忡，数多少只绵羊都不管用，有时真恨不得遣那绵羊去你家把蛋糕衔过来呐！"

我听懂了话中之话，哈哈大笑之余，从善如流，次日，立刻将家中二十四针的古老打印机换成操作无声的激光机；但是，夜半烘焙蛋糕的老习惯却改不掉，老实说，也不想改。

说是烘焙蛋糕，其实，烘焙的是心情。

有时，心情发霉，百事无心。 坐立难安之际，索性撇下多如蝼蚁的琐事，一头栽进厨房，专心一意地烘蛋糕。烘出一个好蛋糕，绝对不是一加一等于二那般的直截了当。把各种配料准确无误地称好备妥，像攀爬高峰那般的小心、像校对文稿那样的细心、像教导孩子那般的耐心，翻搅、调弄、拌和，最后，满怀爱心地送进烘炉。个性全无的面糊，白着一张令人生厌的面孔，静静地等待热气的蹂躏。随着面糊的渐渐膨胀，那种让人口舌生津的香气，像泛滥的洪水，在夜半无人私语时，放肆地流满了天和地，这时，背上的重压、心里的焦躁，全都像被扎了一针的气球，慢慢地退了、褪了。烘好后，橘子蛋糕澄亮如金、香兰蛋糕翠绿似玉、香蕉蛋糕状如满月、乳酪蛋糕貌似丝绸。

凌晨时分坐在桌边大快朵颐的我，好似一个苦尽甘来、事业有成的富翁，大口大口地吃着时，觉得这样实实在在的人生真是快乐，刚才究竟为了什么事烦恼，竟不复记忆了。

许多时候，心情发亮，我便抱着"独乐乐不如众乐乐"的心态，烘焙各式蛋糕，分赠亲戚、朋友、邻居、同事。她们脸上的笑意，是我心情永远的釉彩。

吃过蛋糕后，有人戏谑地劝我改行。哇，想到日后我家门口或将有人排起长龙抢购每天新鲜出炉而"限量烘焙"的蛋糕，但觉前景灿烂，兀自微笑。

柿子

作为生命过客的我们，应该利用短短数十寒暑，倾尽全力地烧铸出一种闪现生命精华的艳色。否则，生命之烛燃尽而回首前尘，看到的，就仅仅是瘦削无神而空无一物的秃枝而已。

冬天的风，凄冷阴寒，铅灰色的天幕，仿佛冻僵了，看起来硬邦邦的，没了平日的妩媚。裹在厚厚的大衣里，行于静静的小巷内。走着、走着，突然，一片艳光猛猛地撞进瞳子里，我猝不及防，差一点被那强烈得足以让人窒息的美撞伤了。

驻足、惊看、惊叹。

种在庭院里的那棵树，不很高，瘦而直，树叶全落尽了，纤纤细细的枝丫，闲闲适适地伸展着。枝丫上，挂满了大熟的柿子，狂放而浪漫的橙黄色，是那树倾尽毕生努力而酝酿出来的艳色，或者，柿子知道生命苦短，才不顾一切地自我焚烧，烧出一季醉人的酡红，把肃杀衰飒的冬季点亮。由于枝上无叶，累累果实无可掩藏，那一份美，因而显得恬静而又霸气、娇弱而又坚强、活泼而又矜持、大胆而又含蓄。

一树喧闹，满园冷寂。

看着、看着，一则古老的传说，蓦地苏醒于记忆中。

日本有个陶瓷铸造匠，年复一年地在炉子里烧出了一批又一批形似貌似的陶器，自得其乐。有一天，晨起，在不经意间突然看到薄薄的阳光镀在大熟的柿子上，闪出了一种世间罕见的绚烂至极的光彩。他感受到他这一生最大的震撼，骤然有了一种"众里寻他千百度"的觉悟，一个人，只有烧出像这种色泽的陶器，才不虚度这一生，也才对得起这门千百年流传下来的古老艺术。此后，他废寝忘食，发狂也似的研究、实验，不断地调色、不断地烧铸，可是，一批批出炉的陶器，却总被失望的他摔成破裂的碎片。年复一年地做，不屈不挠，屡败屡试。终于，有一天，从炽热的炉子里取出来的陶器，就像树上结出的柿子一样，闪出了一种世间罕见的绚烂至极的光彩，这光，映照在艺人斑斑的白发上，显出了一种隽永的美丽。啊，倘若没有永世的坚持，没有不懈的努力，又如何能把漫长的岁月熬炼成光辉灿烂的艺术品？

此刻，慢慢地走在奈良静静的巷子里，我强烈地感受到，每一棵种在庭院里的柿子树，其实都是一个活的启示。

作为生命过客的我们，应该利用短短数十寒暑，倾尽全力地烧铸出一种闪现生命精华的艳色。否则，生命之烛燃尽而回首前尘，看到的，就仅仅是瘦削无神而空无一物的秃枝而已。

蜡黄的饭干

> 实际上,失败者是否能将第一次负面的经验转化为他日成功的"枢纽",亲人的支持与打气是关键。

16岁的女儿第一次学煮饭,煮出来的,不是饭,而是饭干。严重缺水的饭粒,干干的、瘪瘪的、硬硬的、蜡黄蜡黄的,好像一个个先天不足的婴儿,病恹恹地躺在饭碗里。我勉强吃了一口,哇,和吞食沙砾并无两样。把饭碗搁在一边,只拣菜来吃。詹也一样。女儿闷声不响地用筷子把饭粒拼命往自己口中扒,当她咀嚼饭粒时,我仿佛听到"沙砾"在她齿间"格啦格啦"地发出分崩离析的声音。吃完整碗饭,放下了筷子,看到我和詹碗里的饭还是满满的,她毫不含糊地开口说话了:

"爸爸,妈妈,这是我第一次尝试煮饭,可是,你们竟不肯原谅我的错误!"

说完,她轻轻推开饭碗,默默回房去了。

我和詹面面相觑,一时竟说不出话来。

由于女儿正处在高度敏感的年龄里,我们担心严苛的批评会伤害到她薄脆一如玻璃的心,所以,只老老实实地说了一声"好硬啊",便不再出声了,然而,没有想到,我们的"罢食行动"却比口头的批评更尖锐地伤害了她的感觉!

在生活的道路上,我们常常毫不吝惜地给予成功者鲜花与欢呼,然而,对于失败者,我们却往往不够宽容、不够大度,甚至,有意无意间以负面的反应残酷地浇熄对方学习的热诚。**实际上,失败者是否能将第一次负面的经**

验转化为他日成功的"枢纽",亲人的支持与打气是关键。

过去,我在依照不同的食谱进行烹饪时,曾有多次失败的经验,然而,每回当我把这些连自己都不肯下箸的"成品"捧上桌时,懂事的女儿总是"不计成败"地大口大口地往嘴里塞,比如说,有一回,在三色蒸蛋里下了过多的水而弄出了一大碗水汪汪的蛋,女儿以调侃的语气说道:"哇,这碗五彩蛋汤,好浓好香啊!"说毕,大匙大匙地舀来吃。隔了好多天之后,才告诉我,当晚吃了那碗好似"洪水泛滥"般的蒸蛋后,有好几个星期,一看到蛋便不由自主地打寒噤。在家人这种"身体力行"的支持下,我下了三倍的决心、五倍的狠劲,到处敲锣打鼓找师父,再学、再试,最后,总能"苦尽甘来"地做出一盘一盘"色香味俱全"的新菜肴。

但是,这回,当女儿在学习上犯错之后,我却忘了给予她同样的支持!

次日,我对她说:

"女儿呀,今晚,你来煮饭,好吗?"

性子倔强的她,毫不迟疑地应道:

"不必啦,浪费米而已!"

唉,真是难过。

瓦钵

瓦钵常常让我想起古老而永恒的爱情。在慢慢热化的过程里，它专注而专一地铸造一种天荒地老的绚烂风情，一种绝对存在但听起来却像天方夜谭的不朽恋情……

我决定到沙漠去生活时，好友巴巴地抱了一个古里古气的瓦钵来送我，千叮万嘱要我带它上路："阿拉伯国家千有万有，但是，绝对不会有瓦钵。"不愿拂逆好友美意，一路手提，抵达时，完好无损。住在小白屋里，三餐有厨子煮好送上门来，瓦钵圆圆的肚子里装满了寂寞。初抵异域的新鲜感过尽后，日子慢慢有了黄连般的苦意。两岁多的泥泥水土不服，恹恹病倒。医生不晓得孩子的呼吸管道积满了脓，一味当成哮喘病来医，屡医不愈。好友千里迢迢地寄来了一包包配好的草药，嘱我以瓦钵熬煮。盖子一掀，瓦钵便迫不及待地吐出了一则则属于李时珍的故事。熬熬熬、煮煮煮，几个时辰过后，满钵深不可测的黑色静静地闪着自信的亮光。然而，太苦太涩了，孩子喝一口，吐一口，徒劳无功。残余在瓦钵里的，尽是黑色的眼泪。

夜里清洗瓦钵时，母亲的脸，突然在这个万里以外的地方、在寂寂无人的夜晚，清晰地浮了上来。那时，家里经济情况不好，母亲时常坐在厨房一隅，以小小的炭炉和瓦钵为处在襁褓期的弟弟熬粥，炭炉很热，煽火时，肮里肮脏的灰烬飞满一脸，邋邋遢遢地粘在黏黏的汗迹上，但是，妈妈不以为苦，日复一日地做着同样的事，当她从瓦钵倒出白白稠稠的粥时，疲乏的脸，总会泛起美丽的笑意。啊，瓦钵大大的肚子，盛满的是一代又一代无怨无悔的母爱啊！

回国后，几次搬家，镌刻着友情与回忆的瓦钵始终追随左右。生活渐上轨道，有闲情又有余暇时，决定以瓦钵酝酿一些"美丽的情怀"。有些食物，一放进瓦钵，便会变戏法也似的幻化为诗、衍化为歌。比如说吧，当一块块浸在酒、蒜泥和黑酱油里的上好五花肉在瓦钵里发出快乐的吟诵时，我听到的，实际上是来自宋朝苏东坡那把清越的嗓音："黄州好猪肉，价钱如粪土。富者不肯吃，贫者不解煮。慢着火，少着水，火候足时它自美。每日起来打一碗，饱得自家君莫管。"还有，当瓦钵里一叶一叶的梅菜在肥肉的滋润下快活地舒展开来时，我听到的却是一阕一阕客家人的劳动之歌；瓦钵很小，却容纳了一个横跨古今、超越国界的辽阔世界。

瓦钵常常让我想起古老而永恒的爱情。在慢慢热化的过程里，它专注而专一地铸造一种天荒地老的绚烂风情，一种绝对存在但听起来却像天方夜谭的不朽恋情……

渐被世人遗忘的瓦钵，谱的是一阕时代的悲歌。

豆浆

十余年前，我认识了一位性子活泼开朗的教师徐仁心，她向我陈述自行制作豆浆的种种好处，并热心带我去购买过滤豆浆的"布袋"。回家后，如法炮制——将黄豆隔夜浸透，以果机把黄豆混合清水一同搅打，用布袋慢慢地把豆渣仔细过滤干净，再生火煮它。煮成的豆浆，那种香醇浓郁而又纯净极致的味儿，使味蕾在尝着时不由自主地发出了一个又一个满足的惊叹号。然而，这表面上看来似乎简单不过的工作，做起来却耗时费力，十分磨人，在分秒必争的繁忙生活里，经不起这种时间的浪费，所以，只做了几次，便忍痛放弃。

三年前，市面上出现了一种标榜着可以兼做豆浆的水果搅拌机，大喜若狂，抱了一台回家。这种水果搅拌机，加设了一个可以移动的过滤网，把浸泡过的黄豆倒进去，搅打成浆之后，只要生火把它煮滚就行了。省了"榨水过滤"这层工作，当然便利得多，可是，由于过滤网的网孔不够细，豆浆喝起来有颇多粉状的沉淀物，不得已，只好再用布袋为打好的豆浆大费周章地过滤一番。只做几次，便又颓然放弃。

一年前，在报上读及广告，知道日本又有新产品面市——只要把黄豆倒进机器里，若干分钟后，便有热气腾腾的豆浆从机器流进杯子里。大大动心，可是，一台200余元新币，嫌它太贵，打了退堂鼓。

今年9月，在风高气爽的秋季里，我来到了广州。去百货公司，到电器部浏览，一看，便大大地愣住了。架子上，摆了好几列几十种不同的豆浆机，这些制作于中国南北各地的豆浆机，款式截然不同，共同点是轻巧易用，价格由人民币200余元至400余元不等。最好的一种，黄豆不需浸泡，硬邦邦地倒进去，加入清水，开动机器，十来分钟后，便有一大壶过滤得干干净净而又烟气袅袅的豆浆等着你享用了。

和好几位广州朋友谈起，发现在中国全民收入大大提高的今日，家有豆浆机，已是一个普遍的现象了。后来，读及一篇报道，知悉中国为了提高国民身体素质而在1996年9月发起了一项别开生面的"国家大豆行动计划"，第一阶段以中小学生为对象而展开试验工作。试验结果显示：食用豆制品对改善学生营养、增强体质具有良好的作用。饮用豆浆的男女学生贫血率下降了百分之八、冬季感冒者明显减少；上午上第三、四节课时精神较集中；有的学校还提高了运动会的成绩。姑且不论上述试验的准确性有多高，多喝豆浆有益健康，是无可辩驳的事实。

花了330元人民币（约合新币70元），兴致勃勃地携了一台豆浆机回家去。嘿，三十年风水轮流转，过去，家用电器是中国百姓的"绝缘体"，然而，现在，生活在"购物天堂"的我，却千里迢迢地到中国去买电器！

臭豆腐

啊,多像人生。表面上暗流汹涌,好似难以支撑,然而,咬紧牙关,忍着、忍着,柳暗花明又一村。

一日,同事吴杰翰带了三份"神秘礼物"到办公室来,送给我和另外两位同事严政浩和许裕洋。

拆开一看,啊,居然是臭豆腐!购自本地超级市场,尚未烹煮,封在密不透风的塑胶袋里。

三个人,有着三种截然不同的反应。

我觉得这是一种风采绚烂而风味独特的小食,过去,曾多次在中国小食摊上尝过,百吃不厌,现在,有机会尝及本地炮制的,当然喜不自抑。毕业于英伦大学的严政浩,从未试过,本能上很抗拒,但在难却盛情下,勉为其难地接受。倒是一向喜欢美食的饕餮许裕洋,有着出人意表的反应,他摇手而又摇头,一叠声地说:"不要不要我不要!这么臭的东西,我受不了!"结果呢,我欢天喜地地将他的那一份占为己有。

那几天,很忙,无暇入厨。

严政浩打了头阵,次日回来,呼天抢地,绘声绘影:

"哇,简直是浩劫!豆腐一放进油锅里,臭味就好像炸弹一样,飞得满天满地,那种味儿呀,就好像是有人将一双穿了十天没有洗的、绝脏绝臭的袜子在你鼻子底下晃来晃去一样!我被熏得头昏脑涨,忍无可忍,逃出屋外!可怕的是:臭味如影随形,尽管逃得远远的，它还是紧追不舍！"

真是超级夸张！我们哈哈大笑，问他滋味如何，他居然说道："太臭了，我不敢吃。倒是我母亲，赞不绝口，誉为一绝，还问我几时能再带一包回去，让她再炸、再吃呢！"

甲之糖霜，乙之砒霜，又一明证。

原以为政浩渲染事实，借此增加叙述时的戏剧性效果，没有想到，当我亲自烹制时，才发现情况比他所形容的更为不堪。一拆开包封，臭味便迫不及待地溜了出来，得意洋洋地浮在厨房里，好像有人在我身旁放屁、拉屎，臭得我直想逃之夭夭。把它丢进滚烫的油锅里，乖乖不得了，那臭味被热油一逼，更是变本加厉，大团大团地冒升出来，缠绵悱恻地黏上衣服，放浪形骸地四处飘荡，臭得令人汗毛直竖。然而，非常非常奇怪的是，当臭到了极致时，居然峰回路转，渐入佳境，原本不堪一嗅的恶臭，慢慢地变成了一种不可思议的、无可取代的奇香。炸成的臭豆腐，金光灿烂，美不胜收。吃着时，但觉迂回臭味直透五内骨髓，臭得荡气回肠、臭得刻骨铭心。

啊，多像人生。表面上暗流汹涌，好似难以支撑，然而，咬紧牙关，忍着、忍着，柳暗花明又一村。

魔芋

那天中午,在重庆吃火锅,注意到桌上有一盘很特别的东西——水晶般的透明,很淡很淡的褐色,乍看好似果冻,入口却有一种柔软至极的韧度,十分讨好,十分喜欢。连吃多块,盘底朝天,意犹未尽,顾不得礼仪,连邻桌的也扫了过来,吃得痛快淋漓。

好友胡明蓉告诉我,这是魔芋。嘿,这么漂亮的食品,居然有个如此狰狞的名字?看到我一脸的不以为然,明蓉笑着解释:魔芋的地下茎形状类似芋头,磨成粉之后,只用上寥寥两三汤匙,便可以调成一大盆足够一家五六口大快朵颐的结晶品,以少变多,好似魔术,因而得名。

魔芋是一种多年生草本植物,掌状复叶,花紫褐色,地下茎呈球形。将地下茎磨成粉之后,加入石灰或小苏打,以沸水调成糨糊状,再让之冷却凝固,便可食用了。看似简单,然而,在处理的过程当中,许多小节却必须严格遵守,一个不小心,便前功尽弃了。比如说吧,魔芋怕油,所以,事先必须以沸水把铁锅里的油污去得一干二净;据说有些迷信的村民为求"一举成功",还一边做一边念咒语呢!

魔芋生于中国南部雨水充沛而土壤肥沃之处,如果将地下茎切片而置于放大镜下面审视,当会发现,它呈网状,孔洞极多。这样的一种特质,使它在烹饪时兼容并蓄地吸收各家之长，集百味于一身。在过去，魔芋被乡村的村民目为"富贵菜"，因为它必须用上大量的油和大量的肉来配搭，才能形成让人一尝难忘的美味。有鉴于此，魔芋在乡村里是被用以款待上宾的名菜，诸如：魔芋鸭、魔芋鸡、魔芋海参，全都是倾倒众生的佳肴。现在，中国人的生活水准普遍提高了，魔芋已成了一般寻常百姓的家庭菜。曾有"饕餮"告诉我：魔芋和鸭子，是"天生佳偶"，鸭肉具有奇香，而魔芋在熬煮的过程里，施展"吸功大法"，把自己熏染得寸寸俱香，使人在吃着时，产生了一种"错乱的爱"——明明入口的是魔芋嘛，偏偏又满口荤味！话说回来，也有人对魔芋拥有像梦魇一般的记忆。有一位多年前曾卷入上山下乡浪潮里的中年人就感慨万千地对我说道："粮食匮乏，挖野生的魔芋，掺和着谷草灰加水凝结成块，囫囵吞枣，借以充饥，然而，当时，一年都没有几滴油可润腹，吃下这种具有去油作用的魔芋，整个胸腹，着实干得难受，彻夜难眠呐！"

重庆人爱魔芋，除了味觉享受之外，还因为他们相信魔芋具有多种医疗功能，包括：排除体内毒素、降低血压、减除油脂等等。有趣的是：现在，魔芋居然漂洋过海，风靡了整个日本；人人趋之若鹜的"水晶惆怅果冻"，便是以重庆人至爱的魔芋粉做成的！

虾

> 有许多时候，吃过的盐比别人吃过的米多，仅仅能证明自己患上肾脏病的风险和机会比别人高而已！

清晨九点，在东京一家餐馆的展示柜里，我的两个孩子对着那一碗日式炸虾汤面啧啧称奇。

让他们惊奇不已的，是风情万种地躺在汤面上的那只虾——超级长、特丰满、极端肥。虾头和虾尾，由碗口两端意气风发地伸了出去，有得意万分的自炫意味。

我凑过头去，一看，便嗤之以鼻：

"只不过是一条塑胶虾而已，居然便哄得你们眉开眼笑！"

长子反驳：

"一碗面，只有区区一条虾，标价1500日圆（约合新币24元），如果不是用巨型的虾，哪会这么贵！"

我叹气：

"难道你不晓得什么是商业手腕吗？这么大这么长的虾，世间上哪儿去寻！"

长子据理力争：

"您没见过，并不意味着不存在！"

我坚持己见，笑他未见过世面。他不肯收回成见，说我固执如石。很遗憾的是，当时，时辰过早，餐馆尚未开门营业；我无法以实际行动来证明他的无知，只能以一句"我吃过的盐比你吃过的米多"之类的老生常谈来鸣金收兵。

后来，在其他的餐馆，看到同类的塑胶展示品，都是中规中矩的，合情合理的，像上述那种"巨无霸型"的，绝无仅有。每碗炸虾汤面的标价由600日圆到800日圆不等。偶尔在用餐时旧话重提，长子依然本着经济原理而拘泥于自己原定的看法："虾小，当然便宜；如果用的是巨型大虾，自然得收双倍的价钱！"

过了几天，到筑地大渔场去逛。日本的富足，在此一览无遗。各种各样的海产，新鲜得仿佛轻轻一触便会跳起来。一面走，一面看，看着时，连声赞叹。

这时，长子忽然驻足于一个摊子前，发出了石破天惊的喊声："妈！妈！看！看！"

我停下脚步，看。一看，便瞠目结舌。

为数不多的虾，矜持娇贵地躺在一个敞开的木箱里，超级长、特丰满、极端肥，和那天在东京展示柜里看到的塑胶展示品一模一样。就在这时，长子曾经说过的那句话，突然闪进了脑际："您没见过，并不意味着不存在！"此刻，站在这箱罕见的"巨虾"前，我面红耳赤。

有许多时候，吃过的盐比别人吃过的米多，仅仅能证明自己患上肾脏病的风险和机会比别人高而已！

红糟鸡

> 如果食物里蕴含着情分,那么,食物消化了之后,情分却会在记忆里大大地膨胀、壮壮地茁长、牢牢地扎根,永不枯萎,绝不凋谢;而且,它会转化成一种无形而珍贵的"味精",使同样的食物品尝起来,更加美味,更加难忘。

邻居陈丽英,为人热诚而又精于烹饪。这天傍晚,兴冲冲地将一大碗热腾腾的食物端来送我。掀开盖子,一道艳红的亮光倏地闪出,浓烈腴香迎面扑来,只轻轻一瞅,魂魄便飞蹿出窍,顿时忘了自己姓啥名谁。

啊,是朝思暮想的红糟鸡呐!

我是在《红楼梦》与《金瓶梅》里初识"红糟"这东西的。它是酿酒所剩下的渣滓,原是一无是用的废物,聪明绝顶的饕餮却化腐朽为神奇、调弄出糟鹌鹑、糟鲥鱼、糟鸭、糟蹄子筋、糟猪肚、糟凤爪、糟笋、糟萝卜、糟蛋等倾倒众生的食品,真可说是"转糟粕为精华"的"绝活"。

挚友孙爱玲未到香港前,便常常在家以红糟鸡飨客。一端上桌,单看那殷红如珊瑚、瑰丽若宝石的色泽,便已醒了脾胃、饱了眼福,迷人风采足以令"三千粉黛无颜色"。在那绚丽透红的酒糟里,暗暗藏着米酒顽皮的幽灵,不论肉类或菜蔬,一碰上它,全都染上袭人醉意,酒气不强,但是,薄、朦胧、若即若离,因而更具含蓄的诱惑。我们一班酒肉朋友,一听到孙爱玲准备宴客,便阿谀奉承,唯恐宴客名单漏了自己;说来说去,如此低声下气,为的仅仅是那美味绝伦而又难得一尝的红糟鸡。后来,她到香港修读博士学位而又客居他乡,在我们依依不舍的离情当中,肯定包括了对那道红糟鸡的无尽缅怀。

无独有偶,近与文友张千玉聊天,她居然也提及了红糟鸡:

"每回吃红糟鸡,总有浓情系心。令我魂牵梦萦的,倒不是红糟鸡本身的滋味,而是蕴藏在内的一份师生情——一位在思想和处世上影响我至深的中学华文老师徐玄玲,曾经亲手烹制红糟鸡给我吃,她现在年近八旬,很少再下厨,可是,这红糟鸡,却成了我一生一世永不褪色的美好记忆。"

感同身受。

食物,不论多么美味,终究只能短暂地满足口腹之欲,它像是雨后的彩虹,在那让人啧啧惊叹的斑斓过后,美好的感觉便烟消云散了。然而,**如果食物里蕴含着情分,那么,食物消化了之后,情分却会在记忆里大大地膨胀、壮壮地茁长、牢牢地扎根,永不枯萎,绝不凋谢;而且,它会转化成一种无形而珍贵的"味精"**,使同样的食物品尝起来,更加美味、更加难忘。

此刻,举箸夹食红糟鸡的当儿,我也同时在细细地咀嚼着芳邻丽英那份隽永的友情和贴心的温情……

吃鼠记

> 许多以"正义"为幌子的侵略者，得意洋洋地把凯旋的旗帜插在鲜血横流的大地时，不也把广大的民众当作是田鼠而对其哀鸣充耳不闻吗？唯有漠视他人的痛苦，才能坦坦然然地吞下不义的战果啊！

我一向嗜吃、滥吃、乱吃，尤其是外出旅行时，入乡随俗，除了羊肉与人肉之外，无所不吃，满嘴嫣红姹紫的瓜果蔬菜、满肚千奇百怪的飞禽走兽。有些食物，诸如：穷凶极恶的蝎子、斑斓多彩的禾虫、肥白性感的泥虫、突兀可怖的鸭子胎、毛毛躁躁的黑蚂蚁、狰狞阴险的蝙蝠，别人一看便打寒颤，我却照单全收，吃时绝不"怜香惜玉"，吃后也绝不生悔意。

印象里，最为难受而对天发誓绝不"重蹈覆辙"的，是吃鼠肉的可怕经验。

那年3月，只身来到佛山，造访堂妹丹松。堂妹夫家驹是饕餮，一见面便问我可有兴趣试试佛山鼠肉。我问："是老鼠吗？"他答："是田鼠。"田鼠虽然和老鼠同是鼠类，但活动于田野间，以农作物为粮食，和杂食的家鼠相比，五脏六腑可干净得多了。不试白不试，欣然答应。奢华的"田鼠全餐"包括了田鼠药材汤、油煎田鼠、烘烤田鼠、红烧田鼠、脆皮田鼠、油炸田鼠、瓦锅田鼠这七道菜肴。鼠肉上桌而不见鼠形，没有联想空间，感觉还算不错。鼠肉细致嫩滑，吞了以后，还有异香缠舌。

千不该万不该的是：我居然在饭后到田鼠街去溜达！一整条街，卖的都是田鼠。田鼠乍看与老鼠并无差别，黑皮黑毛，猥琐鬼祟，唯一的不同是田鼠圆嘴厚唇而老鼠尖嘴尖唇，两者给人的感觉都是龌龌龊龊污秽不堪的。蹲下，看鼠贩杀鼠。只见他伸手入笼，揪住田鼠细长的尾巴，拉它出来。它吱吱乱叫，死命挣扎，鼠贩心狠手辣地将它大力掼在地上，它头部着地，眼珠暴突，昏厥过去。这时，鼠贩再将它丢进装满沸水的大桶里，有些立刻沉尸桶底，有些呢，却被沸水烫醒而手足并用地做垂死的挣扎，沸水四溅，状极恐怖。鼠贩从沸水里取出死田鼠，用手一捋，鼠毛尽脱，再以刀开膛破肚，内脏连同淋漓鲜血流满一地。看到这儿，田鼠在我胃囊里"复活"了，它们蹦、跑、窜、跳，我仿佛还听到它们吱吱惨叫的声音，张大了口，想呕吐，偏又憋着，呕不出，痛苦得五内俱焚。

实际上，荤食者应当晓得："食其肉而避闻其声"是饮食的"游戏规则"，唯有在冷气餐馆里把啖食田鼠当作是"替天行道，为民除害"的方式，才能吃得心安理得啊！

许多以"正义"为幌子的侵略者，得意洋洋地把凯旋的旗帜插在鲜血横流的大地时，不也把广大的民众当作是田鼠而对其哀鸣充耳不闻吗？唯有漠视他人的痛苦，才能坦坦然地吞下不义的战果啊！

酵母

啊，原来富于生命力的酵母也和人一样，有着不容他人亵渎的尊严，唉唉唉，我早该知道，"用人不疑，疑人不用"是千古不渝的真理啊！

一日，佩迪烘了桂皮面包带来学院让大家品尝。可爱绝顶的螺旋形，金光灿烂，嗳，一见钟情。快乐地吃它，质地柔软而细致，宛如吞食云絮，而深深深深地嵌在面包里的那种奇特的桂皮香，又在味蕾上掀起了波浪也似的一层高过一层的惊喜。

追讨食谱，回家如法炮制。

按照指示，将酵母加入温水中，再与适量的幼糖、牛油、蛋液、牛奶、细盐和面包粉混合，全部一起放入大盆中，密密地盖着，静待发酵。平生第一次尝试做面包，心情十分兴奋，每隔几分钟，便掀起盖子来，细细审视酵母发酵的情况。说也奇怪，一个时辰过后，那面团，始终不曾厚厚高高地大起大发，只是稍稍稍稍地撑高了一点儿；又再耐心地等上半个时辰，在等待期间，仍然频频揭盖审视，时间到了，却仍然没有什么大进展。这时，明知有些环节出了问题，可是，箭在弦上，不得不发；在"骑虎难下"的情况下，只好硬着头皮，勉为其难地把那静若死水的面团搓成一小团一小团，送进烘炉里去烤。烘焙出来的成品（绝对不敢说那是面包），惨不忍睹，奇形怪状且不说，桂皮粉全浮在表皮上，斑斑驳驳，好似发霉了，有些还张着多个裂口，恶形恶状的。

抱着"祸福与共"的心情，把这一大堆三

不像的东西拿去学院和同事"分享",万万没有想到,它竟连续两三天成了众人最佳的"余兴话题"。有位同事取食时,不慎把"成品"掉在桌上,"嘭"地发出一声巨响,大家连忙查看这"成品"究竟有没有把桌面碰裂打坏了。自此,各种绰号倾巢而出:什么石头面包啦、音乐面包啦、变种面包啦,嘻哈绝倒,乐不可支,全把一己的快乐建在我的痛苦上。

痛定思痛,面壁思过。

教生物学的同事吴杰翰老师推断问题出在酵母上。他拈着一小包酵母,条分缕析地指出:密封在内的这些单细胞霉菌,其实还是活生生的,只不过是暂时"风干"在真空包装内而已,只要给它水分、氧气、糖,它便会立刻复活而大量繁殖,而当它与糖发生化学作用时,便会产生酒精和二氧化碳,酿酒需要酒精而做面包则需要二氧化碳。性格幽默的他促狭地表示:一定是我在酵母酝酿发酵的过程中多次揭盖偷窥而触怒了它,它遂而罢工。

啊,原来富于生命力的酵母也和人一样,有着不容他人亵渎的尊严,唉唉唉,我早该知道,"用人不疑,疑人不用"是千古不渝的真理啊!

默默地在心里向酵母道歉。

注:面团里的水分因多次揭盖而干涸,酵母因此不能发挥很好的功效。

豆渣

> 我想，身怀绝技的英雄，不会永远怀才不遇的。

自从买了一台使用简易的豆浆机之后，便日日勤快地浸黄豆、打豆浆，过着"饭后饮豆浆，快活似神仙"的日子。只是每每打成豆浆而将那散发着浓郁豆香的豆渣倒入垃圾槽时，心里不免惆怅地想："上好的饲料呢，真可惜。"

最近，和旅居新加坡的北京朋友方西峰女士聊天，提及这事，她讶然惊呼：

"那豆渣，你居然全都倒掉了？简直就是暴殄天物嘛！你可知道豆渣的营养价值有多高吗？"

"当然知道！以前，养猪人家都是靠豆渣为饲料而把猪只养得肥肥大大的！"我理直气壮地应道，"不过，现在，猪儿都改吃人工饲料了呀！"

"哎，我说的可不是饲料啊！"快人快语的她快速地应道，"豆渣含有大量的粗纤维，全无油脂，是典型的健康食品。以它烙饼，可以帮助消化。我有个亲戚，日日吃它，居然将多年的便秘治好了！"

从善如流，自那晚起，便"废物利用"，努力烙饼。

豆渣烙饼，可甜可咸。

在糜烂成泥的豆渣里加入少许自发粉和白糖，塑成扁圆形，置于烘盘上，放进烘炉，烘上二十来分钟，那原本色呈米黄而奄奄一息的豆渣，便闪出了炫人眼目的澄亮金光，精神奕奕，有着一种不可一世的辉煌气势。原以为豆渣粗糙，烙出来的饼，必然好吃不到哪儿去；万万没有想到，饼质幼细，趁热入口，又软又香。这饼，不是那种艳得让人魂飞魄散的绝色美女，而是使人心暖踏实的小家碧玉。以它充当夜宵，连吃多片，都没有胃胀肚鼓的不适感。

倘若不爱甜的，便烙咸的。在豆渣里加入自发粉、盐、花椒、葱花，出炉的饼，香得十分泼辣。烫嘴烫舌地吃它，犹如狂风卷浪涛，翻出了多重层层相撞的好滋味。

吃厌了烘的，也可以变个花样，用蛋沫裹豆渣而在油里煎香，再撒上几滴鱼露和麻油，风情撩人意难忘！

如今，每天夜里，豆香满屋飘，最绝的是：孩子居然不喝豆浆抢饼吃！

走笔至此，突发奇想：菜市里卖豆浆的摊贩如果也能"废物利用"地兼卖豆渣烙饼，在健康意识抬头的今日，也许会带来滚滚财源呢！

我想，身怀绝技的英雄，不会永远怀才不遇的。

苍蝇戏汤

每回吃水饺汤面,我总觉得好似在品尝一幅淡雅隽永的水彩画作。纤细澄黄的面条宛如弱不禁风的美人,丰实饱满的水饺呢,是美人的玉枕。一筷一筷地将它吃完后,好似吞下了一幅美丽的水彩画,那种感觉,惬意、适意、满意,美好而又难忘。

所以,特爱水饺面。

这天,又去光顾同一摊子。

快乐地吃,吃着、吃着,突然,极煞风景地发现:缠在筷子上的面条不清不楚地夹杂着一个黑色的小圆点。圆睁眸子,看,仔细地看,看了又看,一看再看,再三再四地看,终于,完完全全地肯定双目不曾欺骗我。

是只苍蝇,头颅身躯手足翅膀样样齐全。

十分恶心,但觉五内翻腾,早已入肚的面条"蓄势待发,呼之欲出"。

唤来面摊助手,她双眼鼓突地瞪着那只该死的而又已经死了的苍蝇,数秒之后,居然语调凄厉地开腔说道:

"不关我们的事,是苍蝇自己跌进去的。"

说毕,速速走开,表情冷淡而又冷漠;不曾道歉,更不想善后。

"是苍蝇自己跌进去的"弦外之音是:一切后果,全由苍蝇负责。

嘿嘿嘿,言之成理,反驳不得。

从此,看到那摊水饺面,便绕道而走。

犯了错,不要慌,不要乱,更不要找借口搪塞或是找出口逃走;否则,星星之火,足以燎原。

面对问题,解决问题,而最终你当会发现,那问题,根本不成问题。

永不光顾，倒不是怕苍蝇兴之所至，再度来个"戏汤"活动，而是因为面摊助手逃避问题与推卸责任的态度，让我对这摊食物彻底地失去了信心。他日，汤面里，如果浮现蟑螂、壁虎、蜘蛛，她全都可以轻轻松松地耸耸肩膀，若无其事地说道：

"不关我们的事，是它们自己爬进去的。"

表面上，这面摊，只不过是少了我区区一个顾客，可是，口头上的负面批评，却使它失去了其他许多原本可以成为"永远支柱"的好顾客。

犯了错，不要慌，不要乱，更不要找借口搪塞或是找出口逃走；否则，星星之火，足以燎原。

面对问题，解决问题，而最终你当会发现，那问题，根本不成问题。

饭团

新婚之际，回怡保省亲时，常常看到婆母为小姑做"饭团"。那时，小姑在云顶高原一家大旅馆当会计师，每隔一个月才回家一次。尽管任职的公司有提供膳食，可是，一向被人目为"工作狂"的小姑，却无暇顾及三餐，通常是坐在叠如山高的公文堆里，"咀文嚼字"为午餐。婆母担心小姑招惹胃病，便为她精心炮制饭团。

婆母制作的饭团，色香味俱全。

总是用自家饲养的大肥鸡熬汤，当浓汤飘出大团大团的香味熏得一家人坐立不安时，婆母便熄火，把浮在鸡汤上面那层金光闪烁的黄油慢慢地捞出来，与白花花的大米相拌，这时，每一粒米都好似被夕阳千丝万缕的光裹住了，黄澄澄、亮晶晶，美不胜收。接着，婆母将浓稠的鸡汤舀入盛着米粒的饭锅中，再加入炸成微褐色的小葱和翠绿的香兰叶，初以大火煮、继而慢火熬。熬煮而成的大米饭，粒粒都好似有生命般，丰满而性感、晶莹而妩媚，看起来像是颗颗精致玲珑的小珍珠，偏又嚣张地泛着黄金的光彩，连那袅袅冒着的烟气，也不可一世地透着瑰丽至极的"珠光宝气"。

做饭团，必须趁热。

只见婆母快速地在掌心里蘸上一点水，把热腾腾的饭抓在手里，五指一合一张，饭团雏形初成，再合起双掌，稍稍搓揉，一球结实的、饱胀的、浑圆的饭团，便完美地立于掌上了。那饭团，酥而不油，香可蚀骨。每一球都沉甸甸的，极有分量。为公务分身乏术的小姑，只要随时吃上三几颗，便可免去挨饿之苦了。

享年89岁的婆母去世时，我赶回怡保奔丧，和感情弥笃的小姑谈起我们都深爱着的这个至亲的人，互相安慰：

"她已活上80多岁，算是笑丧了。我们和她，曾经有过许多快乐的时光，虽是永别，但是，大家心中都该无憾了。"

这种"无憾"的心情，勉强帮助我们稳住了丧亲锥心之痛。

有一夜，我们守在灵柩前，忆旧，聊起小姑在云顶工作的那段日子，突然，小姑的表情起了大变化，她初而哽咽，继而痛哭失声："记得吗，那时，妈妈常常给我做饭团！我很想念她，真的想念！说心中无憾，那是骗人的！"

啊，真想再尝尝婆母亲手做的饭团。一次，只要再尝一次就好。当年，大口大口地吃着这些饭团时，怎么也不曾想到，有一天，这样一个简单的愿望，竟然会变成永难实现的奢望！

炭炉与煤气炉

实际上，炭炉和煤气炉，各有利弊。我们不必供如珍宝，也不必弃如敝屣。全然摒弃旧的与完全抗拒新的，都有欠妥当。文化，不也一样吗？

随着个人经济情况的日益好转，好友搬了三次家，愈住愈宽敞、越搬越奢华。每搬一次家，总有无数"赘物"被抛被弃，仅有一物，紧紧相随，永不言舍。那是一个其貌不扬的炭炉，小而不灵巧，旧而不耐看，邋里邋遢的。尽管败絮其外，可是，精于烹饪的好友却靠着它，煮出了一桌又一桌的珍馐百味。厨艺一流的她，看着那个祖传的小炭炉，恋恋地说道：

"在新加坡，每家每户用的都是煤气炉。以煤气炉炊煮菜肴，火势一起，热气便来，快是快，可是，味道只停留在食物的表面，根本渗透不进内层；炭炉呢，慢工出细活，那种慢慢聚拢的热力，在食物内部层层进逼，直攻核心，足以逼出缤纷百味！煤气炉和它一比，连靠边站都没资格！"

朋友每回在家宴客，总以小炭炉做出"独树一帜"的"佛跳墙"，各种材料在密封的瓦钵里层层相叠，经十数小时熬成的汤，是天下甘美鲜甜之最，每一口都是一个十全十美的惊叹号。众人赞不绝口，朋友却谦和地说："没有炭炉，绝对做不出这等风味！"

最近，我到柬埔寨去旅行，来到了一个唤作"Kampong Chhnang"的小城。依旅游指南的推荐，到当地一家颇负盛名的餐室用餐。陈设极为简陋，没有冷气，但却门庭若市。点姜丝炒鱼片、咸鱼煎蛋、芥蓝牛肉。鱼片嫩滑得匪夷所思，几乎像雪花一般在口里融化掉；咸鱼煎蛋外面油滋滋、里面热烘烘，一送入口中，炸咸鱼那种酥香绝顶的味儿直冲脑门，整个人顿时愣愣地傻掉了；至于那盘芥蓝牛肉嘛，菜和肉，皆鲜、软、嫩，简直就是天作之合！

此后两天，早餐、午餐、晚餐，全上这儿。老板是个胖胖的中年华人，远看像个会走动的圆肚瓦钵。他兼任主厨，每隔一段时间，便从厨房跑出来，在桌子间巡来巡去，脸上不自觉地荡漾着得意的笑。知道我们是游客，前来搭讪。称赞他厨艺佳，他急急化身为卖瓜的老王："别的餐室，做足一整天，尽多只能赚一万里尔，我呢，单单午餐，便可以赚上七万里尔！"我据实以告："旅游指南说你这餐室是全城最贵的！"他睨我一眼，不无傲气地说："我是迄今全城唯一改用煤气炉来炊煮食物的；其他餐室，全用炭炉。煤气贵，可是，火势一起，热气便来，煮炒炊炸，火气十足，东西自然好吃！哪像炭炉，慢吞吞，要死不死的，一点劲也没有！"

啊哈，同样是炭炉，先进国家里的人，觉得它魅力十足而设法保留它；落后地区的人，却认为它百无一是而尽力抛弃它。

实际上，炭炉和煤气炉，各有利弊。我们不必供如珍宝，也不必弃如敝屣。全然摒弃旧的与完全抗拒新的，都有欠妥当。

文化，不也一样吗？

易煮速食餐

超级市场里，许多包装精美的"易煮速食餐"，循规蹈矩地坐在冰冷透亮的展示柜子内——鸡鱼牛羊猪，全都切成斩就大小一致的块状与片状，用千篇一律的酱料腌得妥妥当当，一盒一盒，好似穿上了制服，看起来整齐划一，但同时却也是淡情寡欲的。买了回家，按照指示，一板一眼地烹煮它，煮好之后，味道就像是从同一个模子"印制"出来的，千年不变，吃得多了以后，整条舌头宛如生了一层厚厚的茧，迟钝呆滞。

痛恨这种预知结果的"易煮速食餐"，再懒、再累、再饿，也不看它、不买它、不吃它。自己的厨艺，也许差强人意、也许蹩脚差劲，但是，菜式和味儿，千变万化；最最重要的是：在烹饪的过程中，你未知结果，因而便有了一种揣测的、隐蔽的快乐；如果成功嘛，下回便乘胜追击，精益求精；如果失败呢，便面壁思过，从头收拾旧山河。

同样的道理，靠媒妁之言而达成的婚姻，不如自由恋爱来得刺激；靠祖业庇荫的人，不如自行创业者来得踏实；靠科技来复制婴孩的人嘛，当然也不比自行造人者来得快乐！

火腿肉

超级市场的透明橱窗里,摆着两种制作方法截然不同的火腿肉。

甲种火腿肉,连皮出售,边缘处一大圈腻腻的肥肉,惨白惨白的,单看不吃,胆固醇便蠢蠢欲动地想往上直蹿了。乙种火腿肉,卖相可爱得多,粉红粉红的、幼嫩幼嫩的,一丁半点儿肥肉都没有。

第一回、第二回、第三回,以及往后的许多回,都先入为主地买乙种火腿肉。一名饕餮看到了我的选择,忍不住劝我弃乙取甲,原因是甲种火腿肉以原腿烧烤而成,肥肉横陈、瘦肉袒露,自自然然、大大方方、无所隐瞒、无所包庇;然而,乙种火腿肉呢,却是经过刻意加工的,表面上看来,肥肉全无,实际上却是不露痕迹地掺和到瘦肉里去了,肥肥瘦瘦而又瘦瘦肥肥,你侬我侬,丰腴滑美,那些忌油怕脂的人,全无防备地把它吞得一干二净。

甲种火腿肉,像是坦坦荡荡的君子,不打诳语不作假,有一说一、有二说二;肚里有多少材料,便显示多少出来;说出的话、做出的事,可能不讨人喜欢,但是,真真实实,无欺无诈。

乙种火腿肉,像是巧言令色的小人,甜言蜜语,粉饰太平,就在你快乐地啜饮友谊的蜜汁时,他却阴阴地布下陷阱等你惨惨地坠入。最可悲而又可笑的是:尽管上当者众,依然还有不计其数的人受表象迷惑而轮流掉入陷阱!

以毒攻毒

站稳立场,面对小人,迎头还以重击,以毒攻毒,杜绝后患。

每回吃了太多燥热的食物,嘴巴内部或是舌头上下,便会浮出许多圆如伞状的白色菌点,疼痛难当。要对付它,不论是中医抑或是西医所开出的药方,都不及母亲在童年时教给我的那一帖"偏方"来得有效。

这"偏方"是:以手蘸盐,对准白色菌点,狠狠地擦。

长了菌点的部位,原本就已经辣辣地痛了,现在,擦上了盐,痛上加痛,那种感觉,就好像是有人以双足重重地踩在你的神经末梢上,痛得你全身的细胞都惊惶不安地颤抖着、痛得你脸上五官都不顾形象地扭曲着。然而,彻彻底底的一阵剧痛过后,原本苦苦地折磨着你的白色菌点,速速升了白旗,静静地逃遁无踪。

长大、变老之后,渐渐发现:以毒攻毒,原来亦是"处世良方"。

有如白色菌点一般的小人使奸使诈、动刀动剑;你如果绕道而走,就会被视为懦夫;你如果尝试以德化怨,却又会被视为傻瓜。

站稳立场,面对小人,迎头还以重击,一劳永逸。

以毒攻毒,杜绝后患。

煎鱼

那时,初学厨艺,煎鱼时,不自觉地把火转得很旺,只想速速把鱼煎好,了却一件事。厚厚的鱼肉在猛火热油里呻吟惨叫,不一会儿,表皮全焦,悲伤难抑地发出了难闻的焦臭气息。铲起,切开,这才发现:外皮虽焦,内里不熟,晶莹而不美丽的鱼肉,有着扑面而来的腥气。

欲速则不达啊!

得着了教训,再次煎鱼时,刻意把火转得很低。在慢火冷油中,那块厚厚的鱼肉,对平底锅生出了无限眷恋之情,死死地挨着它,在嗞嗞的响声里,悄悄地交换着"两情相悦,至死不渝"的誓言,等我想把它铲起时,才发现大势已去——鱼与锅,紧紧相粘,难分难舍,稍稍用力,鱼肉霎时"分崩析离",糜烂不堪。

方法不对,前功尽弃。

多方讨教,一试再试,终于找到了窍门。大火烧锅,锅子火热之后,才下油;油滚烫之后,才放鱼,鱼骤然受热,皮与肉,团结一致,紧紧相偎(这样一来,鱼煎好之后,才不至于皮脱肉散)。接着,按照实际情况的需要,忽大忽小地调整火势,待鱼皮呈现醉人的金黄色泽时,鱼肉也全熟了。这时,摆上桌的鱼,金光灿烂,煞是美丽。

行事,不正和煎鱼一样吗?既不能操之过急,也不能失之迂缓。找到了正确的方法后,按部就班,循序渐进,才能取得事半功倍之效;而在行事的过程中,许多细节,还得酌情处理,执意墨守成规或是刻意标新立异,都是行不通的啊!

按部就班，循序渐进，才能取得事半功倍之效；而在行事的过程中，许多细节，还得酌情处理，执意墨守成规或是刻意标新立异，都是行不通的啊！

苦瓜

人到中年，才出其不意地爱上了苦瓜。

瓜里的苦，在舌头上面一点一滴地泌出来，含蓄而内敛。它像早晨的雾气，缥缥缈缈；它似荷池的莲香，若即若离。

嚼它、吞它，那丝丝缕缕讳莫如深的苦味，便迤迤逦逦地沿喉而下，下、下、下；待要回味，剩下的却是让人倍感惆怅的"空谷足音"，正是"来如春梦几多时，去似朝云无觅处"，一颗心，在千回百转之际，"欲忘忘未得，欲去去无由"；那种痛苦，悲凉而无奈；那种思念，刻骨而缠绵。啊啊啊，这种感觉，多像一份曾经圆过但却满不了的感情。一片芳心千万绪，人间没个安排处。

大鸣大放五彩璀璨而又花好月圆白头偕老的爱情，像哈密瓜，甜入心坎，之后，一切安安分分地纳入正轨，无悲无喜无涟漪，人生就这样稳稳当当地过下去了，甜、满、圆，很舒适、很惬意、很畅快，像一张静静静静地搁在阳台上的懒椅；坐在懒椅上的人，摇呀摇的，竟"无中生有"地摇出了几许闲愁；有人更在缅怀昔日苦瓜的同时，愚蠢地寻找婚外的哈密瓜，结果呢，只浅尝一口，整个婚姻，便噩梦似的变成了苦入肺腑的黄连！

黄豆

一张脸,因惭愧而发烫。无法分辨他人语言里的沙砾和金子,原因只在于常识不足,以至于不加深究便以讹传讹,已是愚行。

添购了一台豆浆机,兴致勃勃地出门买黄豆。

在一家古老的杂货铺子里,看到了麻包袋内堆积如山的黄豆,一颗一颗小小圆圆的,闪着橙黄的亮光。嘱店员给我称一公斤。知道我买这黄豆是为了要做豆浆,她立刻摇头说道:"这种圆形的黄豆,是用来熬汤的,做豆浆的那种,是椭圆形的,我们没有卖。"嘿,不做一行,不知一行,我居然不晓得黄豆分两种,真是孤陋寡闻!

到另一间店去,年轻的店员忙不迭地摇手应道:"没有没有,我们没有卖制作豆浆的黄豆,只卖熬汤的那种。"说毕,好心地指点我,"去菜市买啦,只有菜市有卖。"

菜市杂货摊子那年过七旬的老人以熟练的手势称了一公斤黄豆给我,接过一看,立刻推还给他,说:"这种圆形的黄豆,是熬汤的,我不要。"他露出了被岁月熏黄了的牙齿,呵呵笑道:"黄豆就是黄豆,哪有分什么熬汤或是打豆浆的!我做这门生意几十年了,还没有看过椭圆形的黄豆呐!"

一张脸,因惭愧而发烫。无法分辨他人语言里的沙砾和金子,原因只在于常识不足,以至于不加深究便以讹传讹,已是愚行。

杏仁饼

千辛万苦地撬开了那密密紧封的铁罐，里面，满满地放着香气扑鼻的杏仁饼，每一个都是规规矩矩的大圆形，每一块都呈现着千娇百媚的杏黄色，像一轮一轮安静而快乐的月亮。啊，吃月亮呢！这样一种荒诞不经的念头，使我在品尝这杏仁饼时，心里觉得分外的浪漫而又分外的兴奋。的确好吃，它松而不散、甜而不腻、酥而不裂，更难得的是：润泽而不潮湿、香脆而不干硬，嚼在嘴里，丰满性感、温柔敦厚，不像吃饼，倒像在咀嚼一则则让人惊喜交集的神话。

自此，认定这个商标，吃完便去买。

一日下午，读书倦了，取饼来吃。吃完一个，再取一个，然而，正要放入嘴里时，却讶然、悚然、发怔、发呆。噫，那块杏仁饼上面，居然端端正正地立着一根墨黑的头发，粗、硬、韧、挺、一枝独秀、高深莫测。发根呢，深深地埋在密不透风的饼干里，拉不起、拔不动、拗不断、突兀诡谲、讳莫如深。

嘿，这分明是头发的精灵嘛！在密封的罐里、在密封的饼里，被锁、被囚、被禁锢、被封杀；年年月月、分分秒秒，不见天日，永不超生。原因呢？永远是个谜。

呆呆地看着僵尸般挺立在杏仁饼上面那根幽灵似的头发，胃口尽失、永失。

从此，看到这个商标，绕道而走。

冷鸡

大姑由怡保到新加坡来小住，抵达时，夜已深，她饥肠辘辘。冰箱内，有炸鸡，是昨晚吃剩的。要为她加热，可是，她却急忙阻挠："不不不，我爱吃冷鸡。"冷鸡？看了看那鸡肉，金黄色的鸡皮上，腻腻地凝着一层油脂；白白厚厚的鸡肉，阴阴地闪着寒冷的亮光。心想：她八成是担心给我添麻烦吧，实际上，用微波炉加热，只要寥寥两三分钟，方便得很。取出半盘鸡肉，径自加热。万万没有想到，当我端给她时，她却苦着脸说："呃，这样热气腾腾的鸡肉，很难入口呐！"嘿，原来她是真的喜欢冷鸡呢！把冰箱里另半盘不曾加热的鸡肉取出给她，当她嘴巴一张一合地吃着时，我似乎看到一缕缕白白的寒气从她嘴巴里流出来，全身不由自主地起着鸡皮疙瘩，然而，她却吃得津津有味。

每个人心中都有一片天空，有些人喜欢白色，有些人欣赏蓝色，各取所爱，天下太平；然而，偏偏人人都认为他心中的颜色是最美的，还要把这看法强强地加诸人，无形中造成了许多不必要的误会和冲突。

有位朋友，讨厌狗。一回，坐船，船上有人带了两条凶神恶煞的狗。半途，狂风掀巨浪，这位不谙泳术的朋友惊恐万状，想到得和这两条狗同赴阴府，惊慌之余，还悲伤不已。安全归来后，在一次聚会里，她向其他朋友坦白地说出了当时心里的感觉,有人突然调侃应道:"那两条狗如果想到这一点,也许比你更悲伤呢!"众人齐齐喷饭。虽是开玩笑的话,却也足堪玩味。

胡萝卜蛋糕

> 粗粝的矿石里藏有价值连城的碧玉,然而,一见矿石的粗糙便弃若敝屣的人,依然比比皆是。最为悲哀的是:许多人,包括我,经过多次教训,依然一而再、再而三地重蹈覆辙。

朋友送了一个很大的胡萝卜蛋糕给我,上面涂着一层厚厚的糖霜。我一见便发愁:一来我怕糖霜那种腻死人的甜;二来我对干硬的胡萝卜蛋糕向来不具好感,过去好几次在不同的场合试过,没有一次吃得称心惬意。

次日,家里宴客,正好请诸多朋友代我"歼灭"它。饱餐之后,将它取出,许多客人,只象征性地取了很小的一片,然而,奇怪的是:仅仅浅尝一口,便人人脸绽异彩,赞不绝口,纷纷要求再吃。

我好奇地取吃一片,哟,蛋糕一入口,原本怏怏的舌头,便大大地震撼了:蛋糕的本身,有着"绵、软、滑、松、化"的特质;诸多配料如:胡萝卜、核桃、葡萄干、黄梨等等,行迹不露而又迂回曲折地蕴藏在蛋糕内层,一口咬下去,又脆又软、又酸又甜,千回百转、高潮迭起,着实有令人措手不及的惊诧和惊喜。

这一个胡萝卜蛋糕,具有千变万化、底蕴不显的内涵,但却因为其貌不扬、加上外人固执的成见,差点好似出塞的王昭君一样,惨被埋没。

粗粝的矿石里藏有价值连城的碧玉,然而,一见矿石的粗糙便弃若敝屣的人,依然比比皆是。最为悲哀的是:许多人,包括我,经过多次教训,依然一而再、再而三地重蹈覆辙。

辣椒

> 不论处理何事,倘若择善而从,必能化腐朽为神奇;至于抱残守缺嘛,就只能坐以待毙啦!

我嗜辣,常买辣椒,一买便是一大把。渐渐发现:辣椒不耐久留,搁进冰箱里,尽多只耐一周。可耐期限过后,它便好似一个坐冷板凳的欢场女子,穿着一袭陈旧过时的红衣,在无人眷顾的清冷中垂头丧气地缅怀昔日绚烂繁华的美好时光,很快的,老态毕露,浑身乏力,接着,百病入侵,身子一点一点地糜烂,触手处,一片惊心动魄的红,转瞬间,溃不成形,变成淌在掌上一摊令人不忍卒睹的红色泪水。

一位嗜辣成狂的朋友,买辣椒总以公斤论,她大方地向众人公开"保存秘诀":

"将辣椒用报纸密密包好,放入冰格,随取随用,长年不坏。"

照做如仪。

冰格里的辣椒,果然练就了"金刚不坏之身",不论搁置多久,取出时,总像是新时代自强不息而又自力更生的新女性,穿着鲜丽悦目的落地红裙,昂首挺胸,朝气逼人。

瞧,同一批辣椒,换了一种不同的储存方式,便产生了截然不同的结果。**不论处理何事,倘若择善而从,必能化腐朽为神奇;至于抱残守缺嘛,就只能坐以待毙啦!**

豆花

> 破旧立新固然可取,可是,在创新的过程当中,如果将原有的精髓破坏殆尽,那就成了改革的败笔了。

这一个小贩中心共有两个豆花摊子。

甲摊依循地道而传统的方式制作豆花,夫妻两人,在天泛鱼肚白时,便双双起身,洗豆浸豆,研磨豆浆,每个步骤,一丝不苟。制作出来的豆花,像初生婴儿的脸,软、嫩、滑、润、亮丽如绸、吹弹得破。明知它好,可是,入口之际,它的滑腻与细致,还是让人不经意地产生了一种快乐的错愕感。

乙摊子出奇制胜,卖的是豆花,却以各种各样的配料哗众取宠。龙眼、荔枝、白果、杨梅、海底椰等等,姹紫嫣红,满满地堆在如雪的豆花上,煞是好看。由于点子新、花样多,吸引了记者,尝新之后,认为有新闻价值,于是,在报上发表了宣传文字。新闻稿一见报,客似云来。只见捧上来的豆花五彩缤纷,一副"花团锦簇"、得意非凡的样子,然而,一尝之下,满口都是腌渍水果那"喧宾夺主"的甜,黄豆那刻骨铭心的特有清香,半点不存;更甚的是:原该是"主角"的豆花,软而不嫩、滑而不润,行家一吃,破绽百出。

在这段时期里,小贩中心出现了一个奇特的现象:甲摊门前冷落车马稀,乙摊却因闻风而来的顾客而应接不暇。

甲摊不声不响,照常营业,不耍花招、不出噱头;忍辱负重,勤勤勉勉。乙摊趾高气扬,盛气凌人,忙不过来时,还对顾客出言不逊呐！

"鱼目混珠"的情况维持不了多久，便扭转乾坤了。

甲摊守得云开见月明，忠于味蕾的顾客，全都成了吃回头草的马儿，渐渐地，乙摊"昙花一现"的人龙，又自动自发地回到了甲摊那儿。

破旧立新固然可取，可是，在创新的过程当中，如果将原有的精髓破坏殆尽，那就成了改革的败笔了。

烙饼

精于烹饪的朋友以大葱取代青葱，烙面饼。烙成的小圆饼，个个金光灿烂，好似价值连城的金币。吃进口里时，但觉葱味如蛇，在唇舌间纠缠不休，然而，奇怪的是：饼内饼外，葱形未见。原来朋友把大葱捣成烂泥状，再把它完完全全地揉进发好的面团里，大葱就这样神不知鬼不觉地充斥于每一寸面团里，烙好的饼，葱味香浓，直透五内骨髓，让人吃得神魂颠倒，全然忘却姓啥名谁。

貌似平凡的烙饼，内涵丰富。它有真材实料，但却深藏不露；一经接触，便让人心醉、心折、心悦、心服。

这饼，像人。

才华横溢者，不必自我炫耀，光彩自然逼人来；反之，大吹大擂者，常常是外强中干的，正因为内部是"空"的、"虚"的，才需要把外表吹得胀胀的，借此来造成一种"满"的、"足"的假象；有识之士只要轻轻一戳，它便惨惨地原形毕露。更糟的一种情况是：内部全空，但却自以为有料，虚虚晃晃地自我膨胀，不可一世、盛气凌人，倘若因此而平步青云，身居高位，那么，权位便成了他的"天然保护层"，他高高在上，面目难辨，然而，考验一来，纵是藏头缩尾，也无所遁形。

老实说吧，烙饼里如果没有大葱而希望他人尝及葱味，只有往梦里去寻！

椰汁辣鱼

"盲目崇拜"是一枚危险至极的地雷，别有居心的政客常以它作为武器，在适当的时机里引爆它，借着众人四处横飞的血肉来铸造自己堂皇巍峨的官殿。

张大姐是烹饪能手，拿手好菜是椰汁辣鱼，众人百吃不厌，她也乐此不疲地煮个不休。一回，聚餐，议定每人煮一道菜。那天中午，天气炎热，加上交通阻塞，张大姐汗流浃背地赶到时，浮在椰浆辣汁上面的那条鱼，好似也在张大着口辛苦万分地喘气。尽管桌上姹紫嫣红好菜云集，可是，张大姐的椰汁辣鱼闻名遐迩，人人非得一尝而后快。只见群筷飞舞、众匙齐掏，一大盘椰汁辣鱼一瞬间便所剩无几了。我取得一块鱼肉配上几大匙浓浆，自是眉飞色舞，可是，只浅尝一口，便暗叫不妙：那原本浓郁馨芳的椰汁，竟不可思议地变得酸溜溜的、有几分腐味——很显然的，是椰汁辣鱼曝在热空气里太久而变了质。然而，令人匪夷所思的是：周遭竟然一片歌功颂德之声，众人都以为张大姐创新食谱，加入了开胃的酸柑汁。我静悄悄地溜去厨房，找到热心地为朋友加热菜肴的张大姐，单刀直入地把椰汁辣鱼变酸变腐的事儿告诉她。她一听大惊，飞奔出厅，夹鱼试味，一试之下，五官皱成了一团，然而，这时，盘中辣鱼，所剩无几，大势已去，可众人依然本着"盲目崇拜"的心态高唱赞歌，只见张大姐的脸尴尬地变成了雨后的彩虹⋯⋯

"盲目崇拜"是一枚危险至极的地雷，别有居心的政客常以它作为武器，在适当的时机里引爆它，借着众人四处横飞的血肉来铸造自己堂皇巍峨的官殿。

臭豆

臭豆，阴险而又毒辣。

将它从长长的豆荚里一枚一枚地取出，去除白膜之后，赤身露体的它，绿油油、亮滑滑，既有赵飞燕的风情，又有杨贵妃的丰满；许多人，受这表面现象的迷惑，爱入心坎，直想急急吞它入肚，与它来个天长地久。然而，头脑清醒冷静的人，却会通过理性的"剖析"来透视它的内心——只要用尖利的刀子自中一剖，你便会惊呼失声：噫噫噫，金玉其外，败絮其内——一条一条丑恶不堪的虫，正不动声色地躲在完美无缺的豆瓣里，蠢蠢欲动呐！倘若你当初不明事理地让它进入五脏庙里，它便会毫不留情地兴风作浪，弄得你腹痛如绞，大泻不止，最惨的是：应声倒地时，还"心不知、肚不明"到底谁才是"罪魁祸首"！看着那一条条阴险地在豆瓣里蠕蠕而动的虫，我忽然忍俊不禁，臭豆臭豆，真是"名如其豆"呵！

在现实生活里，那看起来对你忠贞不贰但却内藏污垢、别有居心的朋友，还有，那些躲在"知己"的盾牌下而拿着"无形的矛"拼命攻击你的人，和臭豆又有什么两样呢，嗯？

情怯

童年时,猪肝在市场里受宠,价昂。在肉摊上,它高高地挂着,睥睨众生,踌躇满志地闪着宝石般的红光。父母偶尔买它,小小的一块,十分珍贵。用酒腌它、用姜炒它、用葱配它。猛火快炒,将熟未熟时盛起,只见它羞答答、呈现一片暧昧的绯红。它质地柔嫩、细致、绵软,兼有酒的香、姜的辣、葱的甜;吃进口里,腴润不腻、味儿醇郁。有时,奢侈豪华地将它的"姐妹花"猪腰一块儿买回家,煮个"猪肝猪腰汤",下大量的酒和姜,哇,那种让人欲醉的味儿,足以令人灵魂幽幽地出窍。那时,流行的说法是:猪肝补血,是老少咸宜的上佳补品。猪肝在民间百姓普遍的拥护之下,风光了一段很长的时间。

然后,克星来了。

在人们把胆固醇当成洪水猛兽的当儿,猪肝身价大跌,跌势之猛,令人瞠目结舌。区区几毛钱,便能买到厚厚的一大块。尽管价贱肝美,问津者依然寥若晨星。偶尔想吃,却总有"近肝情怯"的感觉;就好似与昔日情人相逢于路上,旧情犹在,然而,情人却已罹患传染性的绝症。那种感觉,悲凉而又无奈!

炒栗子

晚餐过后，到惯去的那个广场漫步。墨黑的夜空，异乎寻常而又让人惊喜莫名地飘荡着一股甜香的气息。原本不算热闹的广场里，添了个炒栗子的摊子。摊主有着一双大而瞪的眼睛，两条胳膊，长、活、精、瘦，在黑黑的大镬里翻呀搅啊，满镬的栗子，经不起一再地蹂躏，冒出一团一团白白的烟气。围观的人多，想买的人亦多。我挤过去，说："阿叔，给我一斤。"他虎起双眼看我，声音和眉头，齐齐打结："你没看到这么多人吗？等啦！"我问："要等多久？"他大力地敲了敲铲子，整张被烟气熏得通红的脸，仿佛要喷出火来："叫你等不是等啰，我怎么知道要等多久！"粗鲁无礼的语言，像溅出的油星子，烫伤了别人无辜的感觉。嘿嘿嘿，周围的顾客，都是他三百年前的仇家。在这月黑风高的夜晚，被他以栗子香撒下的大网集中到此，接受他脸色的凌迟。

当然，我没有等——当时不等，以后也绝不。相信持有同样想法的人必然不在少数，因为啊，过不了多久，广场，居然又恢复了没有栗子飘香的那种略显寂寥的宁静了。

在广场漫步时，心里不由得惆怅地想道：炒栗子的生意，在这里原本可以一枝独秀的呀！

柠檬加甘蔗

在摊子看到柠檬加鲜榨甘蔗这种"不伦不类"的饮料时,哑然失笑。柠檬极酸、甘蔗极甜,南辕北辙,将它们硬生生地扯在一块儿,有一种"指腹为婚强做媒"的滑稽感、无奈感。然而,一尝之下,却又不由得拍案叫绝——柠檬汁尖刻的酸味,中和了甘蔗浓郁的甜味;而甘蔗汁圆融的香味,又缓和了柠檬苦厉的涩味;两者相辅相成,形成了一种截然不同的新风味。一位朋友,非常喜欢这种互相冲激而又互补长短的饮食风味,因此,在朋友群中大事鼓吹他所独创的饮食新配搭:以果酱涂抹午餐肉,以冷冻西瓜片蘸辣椒酱,以胡椒粉撒苹果,等等。旁人但觉诡谲突兀,他却吃得津津有味。

婚姻,和上述情况并无两样——两个兴趣全然不同的人结合为夫妻,白头偕老的可能性好似不大,然而,仔细分析起来,正因为兴趣不同,话题特多,每回聊天,都有一种新鲜的刺激感,话题日新年年新。倘若两人处于同一个领域,你要说的,他知;你不说的,他亦知,慢慢地,味同嚼蜡,话题渐少,感情渐淡,最后,难以避免地进入"此时无声胜有声"的"无言"阶段。所以说嘛,柠檬加甘蔗,是极佳配搭!

荔枝茶

> 强行撮合的婚姻不美满；同样地，强行糅合的文化不协调。

姐姐从中国旅行回来，捎一罐茶叶给我。铁皮罐子上，逸兴遄飞地绘着浑圆鲜丽的荔枝。噫，是广州独创一格的荔枝茶呢！

泡了喝，然而，茶一入喉，舌头便起了抗拒性的疙瘩。原本恬淡如云、清隽如溪的茶，毫不谐调地掺入了浓烈得近乎伧俗的荔枝味，顿时变得暧暧昧昧、混沌不清，犹如在含蓄婉丽的水墨画里强行泼上抢眼的大红大绿，又如在悠扬悦耳的笛子声中强行加入刺耳的大锣大鼓；不三不四、不伦不类，既欠缺了荔枝原有的那种圆润的甜味，又保存不了中国茶原来那种仙风道骨似的清香，两面不讨好，里外不似茶。

荔枝和茶叶，南辕北辙，在水果界和饮料界各领风骚。现在，强行撮合，原有的特性，湮没不见，蜕化而成的新面貌，诡谲、突兀、怪异，更糟的是：特征模糊、个性全无。

强行撮合的婚姻不美满；同样地，强行糅合的文化不协调。

柿子

喜欢产自以色列的柿子,圆、紧、饱、脆,一咬,哇,那种达于极致的甜,常使受惊的舌头失控地麻痹。

那天,又去买,不巧碰上货源中断,摊主建议:

"买韩国进口的吧,脆生生的,挺好吃。"

买了四个,一吃,便"呜"地叫了一声。那柿子,不是脆生生的,而是硬生生的——死硬而又生涩,简直是为可怜的舌头上刑,只尝一口,便将整个柿子"咚"的一声丢进了垃圾桶。剩下的三个,隔了几天再尝,依然没有"起色",是罹患"绝症"的柿子。

事后,向摊主投诉:

"太难吃了,拜托你,以后不要再进这种货了。"

两周后,再去同一摊子,哟,简直不敢相信自己的眼睛:以色列柿子和韩国柿子"并驾齐驱"地排排坐。

我大声地对摊主说道:

"喂,我不是告诉过你,这种韩国柿子很难吃,叫你不要再进货吗?"

摊主笑笑应道:

"很多人专找这种柿子来吃啊,有市场,当然也就有供应啦!"

嘿,说得一点儿也没错,无论怎么样不好的东西,只要有市场,便会有源源不断的供应——即使是某些冠以文化之名的低俗活动，只要有捧场的人，便会有主办的机构。且莫怪台上的表演不入格，也莫说表演的人不高尚，试想想，是谁以掌声和花环使那些在他处受尽唾弃的表演者风风光光地载"誉"归去的？

酿蟹壳

百川入海，百树成林；表面上呈现了一派使人惊叹的大气象、大气派，可是，川与树的特性，却隐没不见了。

到朋友家做客，她做了拿手好菜"酿蟹壳"，其工之精、之细、之繁，着实令人叹为观止。

螃蟹蒸熟，拆壳取肉，再与猪肉碎、虾丁、冬菇粒、青豆、马蹄、大葱、青葱搅拌在一起，加入酒、麻油、蚝油、糖、盐、胡椒粉，混以蛋清，之后，重新酿入蟹壳内，送进炉子里烘烤。烤成的酿蟹壳，花团锦簇，金光灿烂，有万种醉人的风情。

然而，入口一尝，却怅然若失。

那是一种说不出滋味的滋味；嚼在嘴里，只觉它鲜、它美，但是，啥是蟹肉啥是虾肉啥是猪肉，却模棱两可、界线不分，囫囵吞枣之余，人人赞好，然而，好在哪里，却没人能够说出一个所以然来。

积极吸收各种外来的优秀文化，在急急忙忙地熔于一炉的当儿，没有好好地保持自己固有的文化特色，最终必然会像酿蟹壳里的螃蟹肉一样，糊里糊涂地迷失了自己。

百川入海，百树成林；表面上呈现了一派使人惊叹的大气象、大气派，可是，川与树的特性，却隐没不见了。

鸭

在电话里,和朋友约好在女皇镇的双层小贩中心那"著名的鸭饭摊子"共进午餐。

下午一时正,我依约坐在楼上那著名的卤鸭摊子上等,等呀等的,足足等了一个小时,平时视诺言为黄金的她,始终不曾出现。据我猜测,身为公司主管,她一定是临时碰上重要的事情,抽身不得。

独自一人草草地吃了,快快离开。然而,就在我沿着梯级走下来时,却猛然发现:她就在楼下的那个烧鸭摊子上独坐枯候!

很显然的,我们都根据自己主观的判断来理解对方的话——我喜欢卤鸭而她嗜食烧鸭,双方都毫不置疑地认定"著名的鸭饭摊子"指的便是自己心目中的那一摊,结果,白白浪费了可贵的一小时。

实际上,许多"理所当然"的想法,往往与实情相差了十万八千里,而许多无可挽回的错误,也源于这种"一厢情愿"的主观意念。

复述一个听来的笑话。

一名贵妇到画室去参观,画家警告:有些画作,颜彩未干。贵妇边走边看,看到喜欢的,便伸手去摸,画家看见了,生气地说:"我不是已经告诉过你,颜彩未干吗?"贵妇嫣然一笑,应道:"没有关系,我戴着手套呢!"

吃鸡百法

效颦的东施不快乐。是鸡也好，是虾也罢，都必须活出自己的特色，才能活得自在、活得精彩，也才能活出自我的价值来。

鸡肉，是肉类当中最具灵活性与伸缩性的。它可简可奢，既能"单独出击"（如白斩鸡），亦能"与众同乐"（如配搭冬菇海参一起焖煮）。此外，根据《本草纲目》记载："鸡性甘温，补虚温中"，它既是桌上佳肴，亦可用作病后补品。

家里有部食谱，是由旅居美国的华裔烹调名家严仁棠所撰写的《鸡肉食谱100道》，图文并茂地列出了100种烹调鸡肉的方法，蒸、炸、煮、炒、炖、煨、焖、卤、烩、熘、烧、烤、熏、涮，无所不包，无一不能，将人看得眼花缭乱，眼界大开。

戏法人人会变，巧妙各有不同。厨师和魔术师并无两样，有人花样百出、有人破绽百出。就以炸鸡来说吧，有的炸鸡干瘪如柴，有的却鲜嫩如笋。

我爱吃鸡，也常吃鸡。在新加坡，某些餐馆的厨师的确拥有出神入化的厨艺，他们或以"化腐朽为神奇"的手法将流传多时的食谱煮活了，或以革新的精神自创菜式而烹调出令人魂牵梦萦的风味。

比如说吧，"神厨三绝"餐馆的炸鸡，着实不愧为厨师的一绝。明明是普通得不能再普通的一道菜式，偏偏被厨师以"点石成金"的手法化为璀璨无比的"金字招牌"——薄薄薄薄的鸡皮，炸得金黄脆亮，恰到好处，像是镀金的蝉翅，皮下无脂；鸡肉丰满柔软而充满汁液，一入口便给人带来意想不到的惊喜。

"三盅两件"餐馆的三水鸡，有丝绸的特点，泛黄的鸡皮滑腻细致，雪白的鸡肉润软鲜嫩，配上有姜香而无姜渣的特制姜蓉，吃着时，特异的香味像是死缠烂打的无赖在唇齿间纠缠不去。

"梅村酒家"的客家盐鸡，少人能及。拆去骨头的鸡肉酥而不烂，滑而不腻；鸡肉里的咸香，不是粗糙外露的，而是含蓄内蕴的，层层渗透，一层比一层香，像一首耐人咀嚼的七绝短诗，不可思议的好吃。

"食为先"餐馆的姜芽鸡，独树一帜。微甜、微酸、微辣，像在舌尖燃放一管灿烂的火树银花，奇特的是：尽管多味麇集，却依然掩盖不了鸡肉浓郁的鲜香；那股丰腴的好滋味，好似奏在舌头上的一阕交响曲。

"自然"餐馆的梅菜鸡，构思新颖。鸡，经过又炸又焖的程序，居然不挠不屈地保持原貌，意气风发地躺在盘子里，全身褐亮褐亮的。居中剖开，哇，内有乾坤哪，鼓胀鼓胀的鸡肚里，满满满满都是历尽沧桑的梅菜，芳香四溢。

"翡翠小厨"的玫瑰鸡，是挑逗味蕾的精心之作，光灿的鸡皮红彤彤亮闪闪；新鲜的鸡肉精神抖擞亢奋无比，每一寸都充满了温柔的诱惑。

"永舿菜馆"的虾酱鸡，是千锤百炼的杰作，外面酥脆咸香，里面鲜嫩松化，汁要溅出，烫嘴，香可蚀骨。

等等等等，不胜枚举。

在烹调鸡肉的千百种方式当中，我最受不了的是那曾经风靡一时的"金龙鸡"。剁成泥状的鸡肉和虾肉毫无主见地混合在一起，炸成了一道口味暧昧、特征不显的"怪体菜肴"，鸡不鸡，虾不虾，双不像，两边不讨好，像是照镜子的猪八戒。

是鸡，便该有鸡味；是虾，便得有虾味。

效颦的东施不快乐。是鸡也好，是虾也罢，都必须活出自己的特色，才能活得自在、活得精彩，也才能活出自我的价值来。

猪魂

　　猪肝和猪油,都曾经是"时代的宠儿",两者最大的不同是:猪肝现在已经全面没落了,可是,猪油却以另一种形式"独领风骚"。

　　童年,曾经有过家徒四壁的日子。每个星期天,母亲上菜市,总会拎回一大块又白又肥的猪肉,白得全无瑕疵,肥得油光乱闪,像一块敝帚自珍的假玉。

　　回家后,母亲耐心地将那块"自我感觉"良好的肥猪肉一刀一刀地切成细细的碎粒,生火、起锅,倒入。丰满至极的肥猪肉在锅里快乐地发出了"滋滋滋"的吟唱声,慢慢地,"脱胎换骨"地化成了金光闪烁的液体,那璀璨的亮光,将原本局促简陋的厨房照出了一种辉煌而又虚假的瑰丽。这时,一粒一粒宛如金子般的猪油渣,争先恐后地浮了上来,踌躇满志地在那一锅绚丽的油里荡来荡去。

　　猪油渣,是人间罕见的美味。极端的脆,轻轻一咬,"咔啦"一声,天崩地裂,小小一团猪油像喷泉一样,猛地激射而出,芬芳四溢,那种达于极致的酥香,使脑细胞也大大地受到了震荡,惊叹之余,魂魄悠悠出窍。

　　把热气腾腾的猪油连同黑兮兮的酱油浇在白花花的大米饭上,再撒上几粒猪油渣,那种上好的滋味,堪称人间一绝。对于贫苦人家来说,这是比鱼翅更让人难忘、比鲍鱼更使人眷恋的食品。

至于猪肝呢,则是生活里的奢侈品。病后身子虚弱、考试前要滋补身体,母亲便会从菜市里拎回一块猪肝。猪肝软得像梦、亮得像宝石,娇贵而矜持。用酒腌了,爆香姜葱,快火翻炒,将熟未熟之际,快手盛起。它鲜嫩、丰腴、甘香,当那温暖绵密的感觉烫热双唇时,从舌尖卷入的好味道着实让人神魂颠倒。

时转序移,全民经济情况改善,加上健康意识提高,猪肝已因乏人问津而价格暴跌。猪油拌饭的味儿嘛,只能梦里去寻了。

然而,猪肝虽然处于半死不活的尴尬状态,猪油却后劲极强。它聪明地化成了一缕幽魂,狡猾地钻进了其他食物里,流芳百世。

鲜蛤炒面少了猪油,简直就溃不成军。潮州甜品芋泥没用它,味道也大打折扣。中秋月饼少了它,也就少了那股"缠绵悱恻"的味儿。

然而,在人人对自个儿的胆固醇"锱铢必较"的当儿,许多食物摊主都见风转舵地改用植物油了,尽管风味大不如前,至少确保收入不受影响。唯独我所认识的某个摊主,不但不随波逐流,反而逆其道而行,将那坛色泽浓浊而香可蚀骨的猪油,还有炸得嘣嘣脆脆的猪油渣像卖广告似的摆在摊子惹目的地方。他呢,穿着圆领短袖的汗衫,十年如一日地拿着锅铲,一脸都是坚守祖业传统的固执,那种"宁为玉碎,不为瓦全"的凛然正气,特别触动人心。我每回想吃正宗味儿的炒面,便呼朋唤友到那儿。

朋友蔡君,特爱鲜蛤炒面,偏偏又患有高血压。一日,他兴致勃勃地告诉我:某摊炒面虽用植物油,但味道绝佳,邀我去试。一试,立刻便知道植物油绝对炒不出这个风情万种的味儿,吃着吃着，忽然吃到一粒猪油渣，嘿，铁证如山。蔡君气呼呼地质问摊主，摊主笑嘻嘻地应道："我只说我没用猪油，可没有说我不撒猪油渣啊！"那种罪证确凿却强词夺理的丑恶嘴脸暴露无遗。挂羊头，卖狗肉，有胆使用却没胆承认，信誉全无。从此，看到这摊子，便绕道而行。

香喷喷的童年

聊起烹饪，有位朋友坦言：婚前和婚后，他对食物有着截然不同的看法。

结婚之前，食物对于他只是果腹之物，他苦笑着说："父亲性急，脾气又不好，一回家，便要吃，如果在桌上看不到食物，便暴跳如雷，大声叫骂。母亲心慌意乱地把所有可煮可吃的东西一股脑儿地倒进大锅里，咕嘟咕嘟地胡煮一气，熟了便吃，根本不管调味的事。"在他童年、少年、成年的记忆里，食物只是一大团面目模糊、淡而无味的东西。

结婚之后，喜欢炊事的妻子爱吃又爱煮，每天巧立名目，变新花样，他这才惊异而又惊喜地发现：吃，原来是一门千变万化的艺术。他微笑地说："每天总期盼快点回家，一踏进家门，一看到满桌的嫣红姹紫、一闻到满屋的香可蚀骨，所有的疲劳，都烟消云散。嘿，原来生活可以过得如此精致、如此讲究、如此享受的！"

吃，的的确确是一门生活的艺术。

我父母亲都能煮、爱煮，我们兄弟姐妹是在一团一团香气中长大成人的。

父亲和母亲的拿手好菜，各有各的精彩。

父亲做菜，大刀阔斧，大里大气的。烤肉，一烤便是一大排，香气十里可闻。罗汉斋，一焖便是一大锅，像一口井，怎么掏也掏不完。辣椒螃蟹，一炒便是几大盘，吃得众人连走路也打横。尽管身圆体胖，可是，一进入厨房，身子敏捷得连瘦子也自叹弗如。沉重如鼎的大黑锅，轻轻巧巧地一拎便起；大大圆圆的砧板托在手里好似一块意大利饼。炒菜时双手翻动如飞轮，剁肉时执刀之大手上下如闪电，一时只见火舌飞蹿、刀光闪闪，十分热闹。

母亲做菜，秀里秀气的，一盘一个样，颜色配搭得极好，不像是烹调出来的，倒好像是用针线细心地绣出来的。现在仍为我们津津乐道的，是那道"三色蒸蛋"，墨黑的皮蛋、金黄的鸡蛋、艳红的咸蛋，互相掺杂交错成一幅五彩缤纷的图画，软滑如绸，平滑似镜。还有，母亲烘制的"彩虹蛋糕"，也是一绝。表面上看来，那只是一个平平无奇的牛油蛋糕，可是，一切开来，众人都不由得大大地惊叹一声："啊！"草莓、巧克力和香草三者交织成犹如天上彩虹般的斑斓色泽，入口一尝，软、滑、松、化、绵，那种润泽香甜的味儿，一直缠绕舌上，历久不去。

结婚之后，我继承了父母对烹饪的爱好和对美食的鉴赏能力，把厨房转化为表演魔术的地方，每天以双心（耐心、爱心）为亲爱的家人变出一道一道色香味俱全的大好菜肴。女儿小时，常常和我一起"变魔术"。我把矮矮小小的她放在高脚椅子上，母女俩一起擀面皮做咖喱卜、一块儿搅肉碎包水饺、一同剪裁纸张做纸包鸡、一起削马铃薯煎火腿薯泥饼……东西做好了，热气蒸腾的，母女俩把头凑在一块儿，你一口我一口地分着吃，那种快乐的感觉，是永世忘不了的深刻。

最近，接到女儿远方来鸿，信里，她说：

"妈妈，谢谢您给了我一个香喷喷的童年，明年回家度假时，希望和您重温旧梦。"

啊，香喷喷的童年！我想，这就是孩子最好的"成长乐园"了！

开水白菜

纵是"露了馅",真正有底的人,永远谦虚自敛。

一提起四川菜,我的舌头,立刻条件反射地起了麻麻辣辣的感觉。

到四川去,品尝以辣为主的四川菜,就好似有人刻意在味蕾上狠狠狠狠地放了一把火,烧得人龇牙咧嘴,大汗淋漓,坐立不安。那火,经由喉管汹汹汹汹地直窜而下,几乎把五脏六腑都烧成了灰烬。食毕,眼珠暴突、大气直喘,在感觉上,好似连无辜的头发都被那把无形的火烙得通红。

怕那种"五内俱焚"的感觉,所以,每每有人请我吃四川菜,我便犹豫。

最近,假徐伏钢先生在"丝绸之路餐馆"所设的饭局上,邂逅了四川著名作家高缨伉俪,才惭愧地知道我对四川菜的认识有多浅薄。

高缨先生的夫人段老师,厨艺出色,对四川菜极有研究,长期为四川杂志撰写饮食专栏。

她微笑地说道:

"其实啊,真正能够代表四川精髓的菜肴,不麻又不辣。比如说,有道菜,唤作'开水白菜',你有尝过吗?"

我井底蛙也似的摇头应道:"莫说尝,连听都不曾听过呐!"

段老师眉飞色舞地表示:"开水白菜"这道佳肴,千锤百炼,臻于化境,堪称四川饮食的精华。俗语说:"无肉不白、无鸡不鲜、无鸭不香",精于饮食之道的四川人,将猪肉、鸡肉、鸭肉这三种肉放在一起,慢火熬煮。熬熬熬、煮煮煮,足足熬上十二个小时,煮得一锅汤全都变成了浓浓浓浓的白色,随着炊烟飘送出来的香气,一闻便叫人惊喜交集、六亲不认。

然而,未经过滤,这汤,是不能入口的。

总共得过滤三次。

初滤过后,汤清如水;二滤之后,水亮如镜;三滤完成,洁净如山泉。

令人惊叹莫名的是:繁琐至极的过滤工作,到此尚未结束呐!

烹饪者把猪肉剁碎,搓成肉丸,放入汤里,以肉丸充当"吸尘器",吸掉浮在汤面上细若微尘般的"残渣",再三验视,确保那汤不掺一星半点的杂质,比开水更清、比镜子更亮、比山泉更纯,才将肉丸捞出,弃置一旁。

这时,将白菜剥开,取出白菜中心最嫩的部分,放进汤里。浮在汤里的嫩白菜,好似一朵一朵俏生生地绽放于池中的白花,看上去,意境比笔触轻灵的山水画更为恬淡隽永。据说尝过这道"开水白菜"的食客,真真正正地领略到了"泰山归来不看山"的那种心情。

好一道返璞归真的"开水白菜"!

它让我联想起身怀绝技的武林高手、满腹经纶的学界泰斗、才高八斗的艺术奇葩、长袖善舞的商界奇才。

他们多数深藏不露,是宛若锥子般的才华让他们"露了馅"。

纵是"露了馅",真正有底的人,永远谦虚自敛。

叮当作响而又盛气凌人的,犹如"麻辣火锅",不是真正的川菜精华。

家传菜

家传菜肴，可说是『传家之宝』，它是一条无形的钢索，把家中一代又一代的成员紧紧密密地联系在一起。生命可能化尘化土，然而，蕴藏于祖传菜肴里的亲情与乡情、回忆与记忆，却是永不泯灭的。

出现在电视荧屏上的张九桓先生（中国驻新加坡前大使），站在烟飞油溅的厨房里，烹制家传菜肴"酿豆腐"。只见他手脚麻利地将一块一块切成方形的豆腐从沸腾着的热油里捞上来，再把这金光灿烂的豆腐居中剖开，酿入绞好的碎肉，浇上些许特制的酱汁，再置入蒸笼，蒸上20分钟。蒸好的豆腐，宛若块块玲珑金砖，单看不吃，都足以令人心旌动荡。此刻，坐在电视前垂涎三尺的我，恨不得把手馋馋地伸进电视里，异想天开地把那亮闪闪的酿豆腐夹出来大快朵颐。

张九桓先生通过新传媒摄制的电视片集《家传菜》，说出了他与酿豆腐千丝万缕的关系。

成长于广西四面环山的一户农家，张九桓先生自诩为"大山的儿子"。这个恬静的山城住了百余户人家，鸡犬之声相闻而家家户户乐于往来。他是家中老大，常常帮助父母做各种粗重的杂务。物质生活贫瘠，三餐都是粗茶淡饭，因此，美味可口的祖传菜肴酿豆腐成了他心里永远的美丽期盼。

"每逢过年过节或是特别的日子，母亲一定做这道家传菜肴。酿豆腐美味可口而又营养丰富，百吃不厌。成长之后，我走出大山，考上了北京大学。在我离家北上求学的前一天，母亲便做了这酿豆腐为我饯行。虽然隔了那么多年,一家子围桌夹食酿豆腐的美好情景依然历历在目。"

一道简简单单、寻寻常常的家传菜肴,却装满了绵绵长长、浓郁得化不开的亲情。

张九桓先生情真意切地说道:

"离开了广西之后,不论置身何处,一想起家,我便会下厨烹制这道家传菜;如果有很长一段时间没有吃,我便觉得很不踏实、很不安心。实际上,家传菜让人念念不忘的,除了它独具一格的口味外,还有吃时那种热闹的气氛和吃完后留下那许多丰盈的记忆。"

说得极是。

千家万户,每家每户,都有自己代代相传的独门菜肴,而一道一道家传的菜肴,也都蕴藏着一则一则温馨而又贴心的小故事;从食物袅袅升起的烟气中,我们可以清楚窥见不同个体在成长历程中的笑声泪影。

家传菜肴,可说是"传家之宝",它是一条无形的钢索,把家中一代又一代的成员紧紧密密地联系在一起。生命可能化尘化土,然而,蕴藏于家传菜肴里的亲情与乡情、回忆与记忆,却是永不泯灭的。

在现代社会里,许多家传菜肴都面临着失传的危机。父母因溺爱而不让孩子插手炊事、孩子因躲懒而不愿洗手做羹汤,都可能是造成失传的潜在因素。可是,也有一种令人深感遗憾的情况是:我们以为可以等,等自己忙东忙西忙南忙北之后,才去学。可是,我们忽略了,生命,是完全不能等待的!

一直到今天,我依然深深后悔不曾学会爸爸万里飘香的八宝斋菜和妈妈勾魂摄魄的牛油蛋糕!

饭香

成年后回想，桌上以亲情为原料烹煮而成的那道主食，其实是足够我们细细咀嚼一辈子的。

粒粒分明的白米饭，是盛在小巧玲珑的葡萄柚（Grapefruit）里的。一端上桌，便艳惊四座。在众人啧啧不绝的赞叹声中，那洁白如雪的米饭悠然自得而又不可思议地散发出橘子独特的清香味儿。家宴主人黄月珠，慢条斯理地道出了其中奥秘：这饭，工序极繁——先把米在清纯的橄榄油里炒香，然后，加入以老母鸡熬成的高汤、鲜榨橙汁、香兰叶，以慢火熬煮。为了凸显水果的清香，她还煞费心思，把煮好的松软米饭置入一个个挖空了的葡萄柚内。

白米饭看似平平无奇，可是，一经咬嚼，多层次的丰富味觉却在舌上迤迤逦逦地漫溢开来，一缕缕橙香，化成了一盏盏小橘灯，把五脏六腑都映照得金碧辉煌。众人欲罢不能，吃了一碗，又添一碗，急得月珠频频大叫："别吃了，别吃了，还有很多菜没上呐！"

热爱生活的黄月珠，以玲珑的心思，别出心裁地将稀松平常的白米饭点化成餐桌上一道使人双眸发亮的"艺术品"；原本好似灰姑娘一般永远只能当桌上配角的白米饭，在主人的慧思里，终于扬眉吐气地当了一回如假包换的主角。

话说回来，白米饭虽然是餐桌上"永远的小配角"，可是，它却是我童年记忆中不可或缺的一部分。不论是中午或傍晚，放学后饥肠辘辘的我，总能在抵家时闻到弥漫一屋的饭香。那是一种让人觉得很踏实、很温馨的味道。家的味道。

在怡保，母亲用小而不巧的炭炉煮饭。她总坐在炭炉前面那张矮矮的板凳上，慢慢扇风、轻轻加炭。那炭，在母亲扇出的风里拼命呼吸；那饭，在黑炭忽明忽暗的努力中，散出了满天满地的香味。在经济拮据的年头里，有好饭却未能有好菜，但是，在家人团团围桌而坐的温暖中，即使只有猪油和酱油拌饭同吃，那种美味，却也是记忆里的隽永。**成年后回想，桌上以亲情为原料烹煮而成的那道主食，其实是足够我们细细咀嚼一辈子的。**偶尔饭煮焦了，母亲将瓦锅拎到桌上来，用汤匙将那层薄薄薄薄的、色呈金黄的锅巴轻轻地刮出来，竟也成了桌上众人争吃的另一道美食。

生命里，也有颇长的一段日子，对着暗香盈生的白米饭食不下咽。那时，旅居沙特阿拉伯，三餐都由厨子煮好之后送到我下榻的小白屋来。外子时常飞赴他城开会，屋子里，就只有我和稚龄的儿子，对影成四。无边的寂寞，把周遭的空气都点化成沉甸甸的铅块，坐在铅块里吃饭，粒粒米饭都变成了粗糙的沙砾，于是，有很长很长的一段日子，我一看到米饭，就条件反射地觉得反胃，人比黄花瘦。没有了亲情佐膳，锦衣玉食，味同嚼蜡。

成家之后，我也每天酿造一屋的饭香等待笑意盈脸的孩子如箭般飞返家门。用煤气炉煮饭，火候和水分必须拿捏得准，才能煮出软硬适中的白米饭；我化身为猎人，守炉鹄望，当米饭出现了一个个玲珑可爱宛如酒窝般的小窟窿时，我知道，我心爱的孩子便会在袅袅升起的烟气和缕缕散开的饭香中，发出银铃般的喊声："妈妈，妈妈，我回来啦！"

孩子渐渐长大，我改用方便至极的电饭锅来煮饭，不必守候，时间一到，米饭便熟、香味便溢；米的质地呢，也越来越好了，超级白、超级香；可是，可是呀，回家来吃饭的人，却越来越少了，大家都像风车一样，忙忙忙、忙忙忙，连那个喜欢煮饭等孩子回来吃的人，也在愈来愈快的生活步伐里，无奈而又无助地看着炊具渐渐蒙尘。

饭香，只能梦里去寻了！

"三心"话烹饪

学习烹饪,秘诀在"三心"。
这"三心"是:爱心、耐心、虚心。

学习烹饪,秘诀在"三心"。

这"三心"是:爱心、耐心、虚心。

曾经看过在厨房骂骂咧咧的人,不甘心做而又不得不做,不敢把气出到他人身上,只好操着菜刀,骂鸡骂鱼、骂猪骂虾,连那无辜的包菜茄子辣椒也被骂得一塌糊涂。她没想到肉啊菜啊也是有感情的,被她一轮又一轮恶恶毒毒地骂,那肉那菜还能有好颜色吗?还能风情万种地溢出鲜味和甜味吗?

没有一颗会唱歌的心,就千万不要触摸食物,否则,食物单纯的灵魂便会可怜兮兮地被那一双粗暴的手不明不白地蹂躏了。

以前过年时,我最喜欢看烹饪时连眸子都会笑的婆母在厨房里"变魔术"。蒸年糕、灌腊肠、炸虾饼、烘木薯糕、做米饼、炸花生饼;不停地做着时,也不停地告诉我各种各样的小秘诀:"做腊肠,腌肉得用玫瑰露,千万不要用烈酒,味道会变苦;蒸年糕,不要半途揭开锅盖来偷看,因为年糕小气,一旦生气,便发不起来……"她总是欢天喜地地做,兴高采烈地说;连那大蓬大蓬地升起来的烟气,都沾上了笑意而变得分外的轻盈活泼。做成的腊肠,放在米饭上面蒸熟了,天啊,整个锅子、整间厨房、整所屋子,都流满了一种丰腴的香味,一种绝顶幸福的味道。还有那年糕,软滑似水、香醇无比;婆母煎年糕,内软外脆,好吃得让人吮手指，秘诀是在蛋沫里加入少许蛋糕粉。五脏六腑经年糕一熏，浑身都是糯米香，那香味是如许的浓郁，在屋子里走动时，恍惚间还以为自己变成了一块年糕。

婆母把爱源源不断地注入食物里，食物鞠躬尽瘁地报答又报答，婆母的厨艺因此而遐迩闻名。

说到"耐心"，是分成两个层次的。第一个层次是"寻找窍门"的耐心；第二个层次是"寻求完美"的耐心。寻找窍门，真的需要百折不挠的耐心。每回开始试验一种新的食谱，我便得投入大量的时间，而每次经历了"滑铁卢之役"后，又有大批食材心痛难抑地被投入垃圾桶。就以做龟苓膏来说吧，我就倒掉了不知多少锅失败的试验品。一旦做成之后，千万不得自满，还得培养"精益求精"的耐心，再三再四地试验，请人品尝，找人评说，直到毫无瑕疵为止。除了上述两大层次的耐心外，还有一种"精雕细琢"的耐心，我想我是永远也做不到的，举例来说，婆母包粽子，匠心独具地加入鱿鱼丝，一整只又干又硬的大鱿鱼，她一刀一刀耐心十足地切，切切切，不可思议地把鱿鱼干切得像头发，卷卷细细的，她说："吃得到鱿鱼的香而咬不到鱿鱼的韧，才算是成功的。"幼细如发的鱿鱼见首不见尾地藏在粽子里，释放出撩人遐思的香味，哦！

最后，谈谈"虚心"。

烹饪之道，浩如烟海，往往"三人行，必有我师"。只要时时、处处不耻下问，虚心讨教，便能求得大大小小无可计数的"武林秘笈"，终生享用不尽；有时，即使只学得一招半式，只要举一反三、灵活变通，也能受用无穷。坊间还有许多"哑巴师父"（食谱），狠狠买它一沓，以爱心配搭耐心再加上虚心，闭门潜修、勤加练习，不出数载，便能煮出一个大好春天来！

不信吗？去试试！

作家与厨事

> 吃，表面上只是口腹之欲的满足而已，可是，许多耐人咀嚼的逸事、许多动人心弦的故事，都环绕着食物而开展。

黄美芬女士不顾"君子远庖厨"这俗世"定律"，成功地将多位作家拉进了烟飞油溅的厨房，编成了《作家厨房》这一部趣味盎然的书。

作家下厨，自然不囿于柴米油盐酱醋茶的调配，每一道由作家烹煮的食物，都蕴藏着一个隽永的故事，当读者读着一则一则香味缭绕的作品时，也同时感受到浓浓的亲情、友情、人情、夫妻情、国情、风土民情等等；这些丰富的情愫，赋予食物一种永恒的生命力，也使原本平淡的生活呈现了一种异常斑斓的面貌。

许多作家，都是名副其实的饕餮，不同的是：有人会吃不会煮、有人会吃又会煮；有的爱吃不爱煮、有的爱吃也爱煮。

吃，表面上只是口腹之欲的满足而已，可是，许多耐人咀嚼的逸事、许多动人心弦的故事，都环绕着食物而开展。

长驻上海的虎威，知道他母亲（思静女士）喜欢吃松子，回国省亲时，便不惮其烦地携回了沉甸甸的一大袋新鲜松子；而思静女士知道虎威喜欢甜食，便费尽心机，将松子细细地磨成粉，做成柔滑细润的松子羹。深谙分享之乐的思静女士，在与家人共食之际，还不忘嘱咐虎威将一大钵松子羹送来给我。当我一匙一匙细细地品尝着那温柔一如月光的松子羹时，也同时尝到了友情的芬芳。

台湾著名作家琦君女士的红枣松糕，遐迩闻名。当她旅居美国时，我趁旅行之便去探访她，她便以拳拳之忱捧出了特地为我烘制的枣泥松糕。深褐色的松糕，裹在圆形白纸内，上面整齐地缀着四颗葡萄干，玲珑美丽。她殷殷劝食，絮絮说道："这松糕，没有加入糖分，甜味都来自枣子；松糕上面的葡萄干，永远都放四粒，凡事成双成对，才算完满嘛！"琦君的作品，就像是她所烘制的枣泥松糕，完美、圆满、细致。

几个月前，上海作家赵长天先生与旅居台湾的马来西亚籍作家钟怡雯女士于座谈会过后，在我家小聚。尽管大家都是首次相晤，可是，以食物为中心的话题，却把原本遥遥隔离着的三颗陌生的心联系在一块儿。钟怡雯是怡保人，谈起怡保的美食，眉飞色舞，她自豪自得地说："老鼠粉用酱油和猪油拌一拌，连葱花都没有，凭的是本色本味，好水方有本事造就这种单纯的好口感！"赵长天嗜茶如命，偏偏一喝茶便失眠，于是准备了安眠药，喝过好茶之后便乖乖服药；这种"任性"，和我一面大啖荔枝一面服用保喉片的"放任"正好不谋而合！那天，两人在我家尝过了以椰浆和斑兰汁做成的糕点，非常喜欢，便要求我让他们在后园连根带泥拔两株斑兰叶携回去试种，就这样，我家的斑兰叶很幸运地有了乘搭飞机的机会。他日倘若斑兰叶分别在上海和台北蓬勃地茁壮成长，他们当能从翠绿的斑兰叶里闻到远方友谊的馥郁馨香。

有些作家，善于"煮字"以为他人"疗饥"。

蔡澜谈吃，真刀明枪，快人快语，只用了短短的篇幅，便把某地某餐馆某某名食清清楚楚地介绍出来，比如说，《蔡澜100精选》便是很好的饮食指南。

李碧华的《给拉面加一片柠檬》《牡丹蜘蛛面》《红袍子蝎子

糖》《蟹壳黄的痣》等等，以活泼幽默而又生动凝练的文笔，写饮食见闻和个人感受，亦庄亦谐，常有扑鼻香气从字里行间溢出。

近读台湾张曼娟的《黄鱼听雷》，觉得文学与饮食的结合已臻于令人击节叹赏的化境；后来，读中国沈宏非的《写食主义》，又是另一番风景，他借着珍馐百味不动声色地对众生百态进行冷嘲热讽，把饮食文学推向了一个新的境界！

液状黑宝石

实际上，任何食品，加入了亲情，都会变得更为可口、更为难忘、更为隽永。

说起醋，绝对不能不提的是山西。

山西是中国遐迩闻名的醋乡，制醋历史悠久，种类繁多，计有高粱醋、玉米醋、小米醋、柿子醋、苹果醋、红薯醋等等，不胜枚举。

质地不佳的醋，辛烈尖酸，略一沾唇，酸气直冲脑门，鸡皮疙瘩遍布全身，连自己姓啥名甚都忘得一干二净。然而，山西的醋不同，由于酿制得法，醋味醇厚绵长，初尝时，酸中带甜，那甜，含蓄、沉着，一碰到味蕾，便不动声色地将不同层次的酸味一点一点地释放出来，九曲十八弯，千回百转，让人尝了荡气回肠，魂牵梦萦。

山西的老陈醋，是醋乡之王，久储不变色，愈久香愈浓，不但是烹饪上品，而且，具有明显的药用功效，古代医书便有此记载："醋，开胃养肝，强筋暖骨，醒酒消食，下气辟邪，解鱼蟹鳞介诸毒，陈久而味厚气香者良。"对于所有的山西人来说，老陈醋是他们永远的骄傲。

去年，到太原去旅行，想买点具有地方色彩的纪念品，当地人居然提议我以醋为手信！觉得这建议过于荒唐，然而后来，和朋友聊起，才发现真的有人千里迢迢地从山西携醋返国！舟车劳顿，怕摔、怕跌，如履薄冰；不辞劳苦，为的不是自己的口腹之欲，而是一心要给初诞麟儿的媳妇滋补身子。这名媳妇,尝着以绝佳黑醋熬煮而成的补品时,那一颗为亲情滋润着的心,当会比身子更为暖和吧!

实际上,任何食品,加入了亲情,都会变得更为可口、更为难忘、更为隽永。

就以猪脚醋这道风味独特的传统食品来说吧,好些餐馆虽有出售,然而,往往只轻轻瞄上一眼,便倒足胃口——黑醋上面,肥油盈尺,把这醋喝下去,恐怕次日肚子立刻会"感恩图报"地长出一个肉感而不性感的"游泳圈"。味道呢,不是太甜便是太咸,不是太酸便是太淡,像"弹错一个音节",老是不对劲。

多年前,决定拜师求艺。倾囊授艺的,正是我亲爱的婆母。

婆母用麻油以慢火将拍扁的姜块炒香,在大锅里倒入黑醋、清水、姜块和黑豆,煮约一小时;之后,放进猪脚,再煮半个时辰,加入黄糖和生抽调味,在满室弥漫着的浓郁醋味里,婆母耐心地将浮在黑醋上面闪亮的油一勺一勺地捞起倒掉,等油光全然隐没而一锅都是"伸手不见五指"的浓黑时,便大功告成了。

这时的黑醋,宛若"液状的黑宝石",它混合着肉的鲜味、姜的辣味、糖的甘味、豆的香味,百味齐集。至于猪脚,皮有嚼劲、筋有弹性、肥者滑而不腻、瘦者酥而不烂,一入口,便有惊心动魄的感觉。

婆媳俩坐在桌子旁,捧着大碗的黑醋,稀里呼噜地喝,碗沿上对视着的两双眸子,都蕴含着笑意,那种快乐,进到心里很深很深的地方去。

如今,婆母已撒手尘寰,可是,每回烹煮猪脚醋而他人赞不绝口时,我便微笑地说:"是我婆母教我煮的。"说这话时,心里蠕动着千丝万缕的温柔……

蛋糕生病了

不是自夸，一向以来，我烘焙的橘子海绵蛋糕，总能让人"心驰神往、念念不忘"。众人交口称誉，因为它同时具有"风"和"云"的特质——轻柔如风、轻软如云。吃着时，仿佛在吞风嚼云，那股染着浓烈橘味的风，把五脏六腑都熏香了；而云絮那极端的柔软，又让人吃出满嘴难以抗拒的温柔。

一位事业心极重的朋友，日夜为工作拼搏，把一切食物当成填饱肚子的"鸡肋"。一回，尝了这蛋糕后，原本"麻木不仁"的舌头居然活转了，心血来潮，大笔一挥，为这蛋糕写出了四句"十六字箴言"："橘蛋俱全，火力十足；过舌不忘，回味无穷。"自此改变了把食物当鸡肋的心态，橘子蛋糕也算是功德无量了。另一位朋友，白天把蛋糕放在房间里，充当"芳香剂"，入夜后，吃个"肚满意足"，在橘香内入梦，连梦也甜。

一年前，我惯用的那一种蛋糕粉突然绝市了，只好改用另一种，没有想到，自此便堕入了我的"蛋糕噩梦"——烘好的蛋糕，金玉其外，圆圆满满、饱饱胀胀、完美无瑕；然而，居中剖开，却骇然发现"败絮其内"，整个蛋糕，好似被人当成了"出气筒"，上上下下、左左右右，全都是大大小小的窟窿，虽然香气犹在、香味犹存，可是，质地粗糙不堪，放入口里时，一个不小心，舌头还会被刮伤呐！

我怀疑问题出在蛋糕粉上,然而,向周遭朋友讨教,阿甲阿乙阿丙都不约而同地表示:蛋糕粉牌子虽然不同,作用应该是一样的,只要调整调整烘焙蛋糕的方法,便能使蛋糕"重振雄风"。

死心塌地地相信她们,面壁思过,重新检讨烘焙蛋糕的步骤和程序,一次又一次不惮其烦地调整烤箱温度的高低;一次再一次斗志昂扬地调整烘焙时间的长短,可是,可是呀,通通通通都没有用——窟窿照样出现,质地依旧粗糙。每每蛋糕烘好后,一颗心,总因为兴奋紧张而"乒乓"乱跳,然而,一切开来,看到孔洞处处的丑态,那颗心,却又因为生气失望而化成坠崖之马。

连续做了好多个"窟窿蛋糕"之后,我心如死水,打算与这蛋糕"诀别"了。

最近,上超级市场,无意中瞥见一名妇人手中捧着一包蛋糕粉,急忙扑上去,不耻下问。善心的她,耐心分析:我惯用那种盒装的蛋糕粉,适合用以烘焙结结实实的牛油蛋糕;至于她手中这种塑胶袋装的呢,则较适宜松松软软的海绵蛋糕。

哇,踏破铁鞋无觅处,得来全不费工夫。

欣喜若狂地买回家,刻不容缓地动手烘焙。烘好,一切、一看,惊喜交集地尖叫出声:天,天呀!但见质地细致如丝,平滑如绸,莫说窟窿,连小孔也无。一尝,又再惊叹连连:它如风如云,嚼它吞它,风起云涌;在风飞云散间,满嘴生津。啊,我终于和我失散已久的"真命天子"重逢了!

唉,回想昔日,蛋糕生病了,我非但没有认真客观地探讨病源以求一劳永逸地对症下药,反而一味归咎于烘焙方法不好,真是愚不可及!实际上,病源未除,就算我换上千种烘焙方式,也是无济于事的!

百味面包

粮食，不论粗细，都是大地的恩赐，也都是大自然对人类的献礼；想吃而又能吃，不论吃的是什么，都是一种平凡而珍贵的幸福呀！

第一次尝到那种圆得像月亮而又大得像面盆的阿拉伯面包，是在濒临红海的城市吉达。那时，旅居沙特阿拉伯，初临异域的好奇，使每一天的生活都谱满了难以意料的快乐。

一日傍晚，走在一列平顶石砌的房屋当中，走着走着，一股若隐若现的香味突然好似虚无缥缈的雾气，在薄薄的暮色里轻轻地散了开来，愈走，香味愈浓，一团一团兴高采烈地飞扑出来。那种香味，是有声音的，是面粉被烤得金光灿烂时发出的欢叫声。

这是一间古老的面包店，石砌的炉子，被亢奋的大火烧得通红通红的，工人用长长的木勺将濡湿的面团送进去，面团在高温的熬炼下脱胎换骨，出来时，金光四射，像一枚超级大的金币。

圆大的面包紧绷无皱褶，温柔地冒着缕缕烟气。坐在店外的石凳上，我感觉我所捧着的，其实不是面包，而是异国一则古老而美丽的隽永传说。

在这个风俗独特的国家住下来以后，我曾多次受邀到阿拉伯人的家做客。敦厚老实的大面包，以一方红白相间的薄布裹着，在餐桌上传来传去，你撕一点我掰一角，咀嚼着时，友谊的芬芳也浓浓地溢出于唇齿间，而异乡异国许多扣人心弦的故事，也就这样源源不断地流进了我的笔杆里……尽管这个国家给人的印象是闭塞保守的，可是，当他们愿意和你在家中共同分享一个面包时，你却看到了一种肝胆相照的真情。

再次和这种面包相遇，是在印度。

干干瘪瘪、大而无神的面包，一沓一沓因陋就简地堆在菜市的摊子上，冷冷、硬硬。说来令人难以置信，在印度旅行的那一个月，在没有华人餐馆的小城小乡小镇里，几乎每一餐都是以这样的面包果腹的。这种面包，粗糙而干燥，吃它，好似在吞食一条起毛的面巾，吃得满嘴别扭。当然，我明白，当全民生活还停留在温饱的挣扎时，追求食物的精致，纯然是一种奢侈的梦想。

在一个热得连断墙残垣也会淌汗的中午，我倚在一个废墟上，觉得自己十足像是一锅煮焦了的粥，黏糊糊、臭兮兮，而且，累、蠢、躁。面包，才咬了一口，便再也吞不下去了，喉咙干得好像冒烟的锅底。这时，来了一个女人，颤抖的眼神，把饥饿的乞求，深深地嵌进了我手中的面包里。她达到极致的邋遢，使我内心极深地恐惧。毫不犹豫地，也极端鲁莽地，我把面包抛掷出去。她匍匐在地，把我弃如敝屣的面包珍而重之地揣在怀里，再以一种蒙受恩泽的狂喜，双手合十，虔诚致谢。她脸上绽放的那种近乎太阳般璀璨的亮光，像火一样烧痛了我。此后数日，再吃同样的面包，心境已全然不同。**粮食，不论粗细，都是大地的恩赐，也都是大自然对人类的献礼；想吃而又能吃，不论吃的是什么，都是一种平凡而珍贵的幸福呀！**

日子流走无声。

一日，在家翻阅一部巴基斯坦的画册，看到了一张有趣的图片：一名中年妇女，走在崎岖不平的山路上，头上稳稳地顶着四个扁扁圆圆的大面包，背上沉甸甸的竹箩里，坐着一个露出了半个小头颅的男孩子。夕阳照在她脸上，照出了一抹恬然知足的笑意。啊，头上顶着粮食而背上驮着亲情，她富有得犹如拥有了一整个世界。

　　被这部画册感动了，背着行囊，踏入了这块古老的土地。亲切友善的市井小民总处处给我宾至如归的感觉，他们平凡而知足，单纯而快乐。每回经过古老的面包店，看到工人烙出那一个个圆圆的大面包，我总好似看到一圈一圈飞旋的笑影。后来，认识了一些满腹经纶的学者，每回共餐，印巴纠纷总是餐桌上纠缠不去的话题，而每次一谈到克什米尔的主权时，那一张张原本笑意盈盈的脸，便会在蓦然间变得杀气腾腾。作为一个局外人，对印巴纠纷我无权置喙，但是，他们剑拔弩张的言论，却让我厌恶地闻到了战火血腥的气息。我剥开了面包，静静地吃，奇怪的是：入口的面包，竟是苦的、涩的，也许，这面包，在这个充满了仇恨的环境中，已不幸地患上了精神抑郁症……

醋的故事

到常去的超级市场买苹果醋,惊见放醋的架子空荡荡的,追问原因,店员笑道:

"最近有报章推出《醋坛子系列》,畅述喝醋的千百种好处,许多人蜂拥而来,我大批进货,依然供不应求!"

啊,继日本和中国台湾之后,狮岛也刮起"吃醋之风"了!

大约在两年前,我认识了一位当律师的朋友,她事务繁忙,睡眠极少,但却精神抖擞,容光焕发,秘诀呢,就在于每晚临睡前喝杯"蜂蜜醋"。所谓的"蜂蜜醋",就是在一杯清水中掺入两汤匙醋和一汤匙蜜糖。

刻意找了些保健书来看,这一看,可就看傻了眼,呵,原来吃醋还可降血压、减胆固醇、瘦身、养颜、治便秘、祛毒素等等。心悦诚服,自此便成了道道地地的"醋娘子",无醋不欢。

关于吃醋的故事,远在唐代便有记载了。唐太宗贞观年间,大臣房玄龄佐政有功,唐太宗有意赐他美女为妾。房夫人激烈反对,唐太宗召见她,嘱咐侍从端上酒来,斩钉截铁地说:"你若再不同意,就饮下这杯毒酒吧!"房夫人一听,竟然毫不犹豫地将那杯毒酒一饮而尽!幸亏当时唐太宗只是以醋代酒来试探她的,才不至于出人命。从此之后,"吃醋"便成了"嫉妒"的代名词了。实际上,我认为在男女关系上，吃醋是缺乏自信与他信的表现。

最近，在台湾杂志读及一则关于酿醋的真实故事，极受感动。

出身农家的徐宜兰，对于台湾的土地有着与生俱来的热爱。她认为稻米是台湾的精神，而醋和酒则是米的精灵。她一丝不苟地指出：要种出健康的农作物，除了充沛的阳光和新鲜的空气之外，还必须要有一块净土，因此，1994年，当她决定投入酿醋行业时，便走遍台湾，设法寻找有利于酿造醋的天然环境。结果呢，落足处不是土壤重金属化，就是水源不合格，以古法酿出来的醋，成了一坛坛发霉的酸水。后来，她终于找到了新竹山区的森林，以此作为醋的酿造场。她不畏艰苦，亲力亲为地播种、插秧、耕作，栽种有机糙米作为酿造醋的原料。种出了纯净的糙米后，她以陶瓮为容器，从野桐中取菌种，在蝴蝶、甲虫和蜜蜂的陪伴下，让醋在野外亮丽的阳光和清净的空气中发酵，而当陶瓮里的醋在静静发酵的当儿，徐宜兰不断温柔地和醋说话，她认为"万物皆有灵，醋会听懂我所说的话"。一年后，开瓮，成熟的醋，溢出满天满地馥郁的香气。

她快乐而又满足地说道：

"我之所以酿醋，是要让人们看到，食物即医药这个道理是真的。"

她抛弃农药、化肥，让土地回归天然，为酿造者提供优质原料，而酿成的醋又让消费者吃得健康喝得安心，彼此间形成了一种良性循环。

在许许多多无良商人为了牟取暴利而频频将有毒食品推出市场的当儿，无疑的，徐宜兰就好似浊世里的一股清流，让人对美好的人性重新建立起信心。

家宴

家宴之所以令人难忘，主要是掌勺者心中有爱——爱烹饪、也爱朋友；那爱因此而变成了无可更易的调味品。

朋友当中，有许多是深藏不露的烹饪高手。在平常的日子里，她们都是衣着光鲜的职业妇女，可是，一进入厨房，她们便成了"点石成金"的魔术师。经由她们巧手慧心变化出来的菜肴，不但色香味俱全，而且，独树一帜，有着强烈鲜明的个人特色。

家宴，因此成了我生活里一项非常美丽的期盼。

黄月珠热爱艺术，菜肴的设计也充满了匠心独具的雅趣，美丽得令人不忍下箸。小小一道餐前菜，便艳惊四座——乳白的鳕鱼和橙红的鲑鱼在盘子中央相亲相爱，周围饰以草莓和鲜花，那种不可思议的亮丽，直叫人看傻了眼；最显功夫的是那一道汤，看起来清澈如山泉，一入口，那隽永的滋味便让人在魂飞魄散之余浑然忘却今夕是何夕；有人向她讨食谱，她闲闲应道："把洋参、人参和野参放在一起炖三小时，老母鸡分开炖三小时，两者掺和，再倒入以五种酒腌过的嫩鸡，大火一滚，鸡肉一熟，便可上桌。"嘿嘿，这等功夫，等闲之辈，何能练就？她且把白饭盛在挖空了的番茄里、用奇异果装饰牛扒、将烫熟的大虾盛在剖开的夏威夷小木瓜内，玲珑心思，让人惊喜连连。最绝的是：做了十道菜，可是，发不乱、汗不流，谈笑风生，是名副其实的烹饪大将。

王碧金的祖传菜肴无人能及。那盘以白兰地烈酒炒成的螃蟹糯米饭金光灿烂，吃后连牙齿都沾着浓浓酒香。她时常利用飞往中国和泰国公干的机会采购本地难得一见的东西以大展身手。比如说，最近，她在泰国北部买到一种长达数公尺的香肠，千辛万苦地提回来，加工制作，众人一吃，齐齐倾倒。尽管到她家做客多次，但是，好菜源源不绝，极少重复，着实是烹饪奇才。

地产界强人卢美玉，绝招是化繁复为简单，一些看似"难若登天"的菜肴，她做来却不费吹灰之力。比如说，堆金砌玉的佛跳墙、气派辉煌的蟹黄鱼翅，对她而言，都易如反掌。有一回，桌上同时出现这两道"卢家金牌菜肴"，众人欲罢不能，左一碗右一碗地吃，吃吃吃，结果，一个个被撑坏了肚皮，横七竖八地倒在沙发上，哀哀惨叫，差点乐极生悲。

自诩"一虾走天下"的胡芸莲，家中高手如林。哥哥嫂嫂妹妹们，都嗜吃、会吃、能吃，也个个"武艺精湛"，身手不凡。那千锤百炼的客家酿豆腐、龙虾面和杏仁糊，全都是让人"荡气回肠"、百食不厌的独门杰作。最让人感动的是她家人那种不论做什么都上下一心的和谐与温馨。

在全国烹饪比赛中连连夺魁的赖淑敏，把一道道食物化成了可供观赏的艺术品，于是，你会在盘子中看到一幅以素菜砌成的抽象画"梅花弄三影"，也会看到以蟹壳绘成的写实画"落日吞大地"。这些菜肴，绝对不是徒具形式的，它们深具内涵，客人在咀嚼梅花和吞食落日的同时，也在品尝一种精致的生活素质。

家宴之所以令人难忘，主要是掌勺者心中有爱——爱烹饪、也爱朋友；那爱因此而变成了无可更易的调味品。

有些家宴，缺乏诚意，同样令人"没齿难忘"。我们一家子曾经受邀到楼高三层的独立式洋楼做客，主人用以飨客的，只有一道菜——酱油色的汤里，满满满满的都是意兴阑珊的冰冻鸡腿。主人在我的碗里放了四只宛若木乃伊的鸡腿，吃得我连舌头都起了鸡皮疙瘩……

注：黄月钐于 2006 年 6 月病逝

滴滴皆辛苦

如果将日本拉面比喻为钢琴的琴键，高汤无疑便是由琴键飞出来的音符了。琴键品质再好，如果没能流出悦耳的音乐，便形同虚设。

知道熬煮高汤不易，但从来不知道麻烦如斯、辛苦如斯。

观赏了日本电视的纪实节目《抢救贫穷大作战》，看九州遐迩闻名的拉面大师森山日达一训练他人熬煮高汤，才算开了眼界。

最叫我觉得不可思议的是：森山所提供的第一个训练步骤，竟然是让受训者去打空手道。森山说："眼睛要看着对方，拼命地打！"这样做的目的是要鼓起受训者的斗志，有了全力拼搏的斗志之后，才能以焕然一新的身心，投入学习。森山也真可说是用心良苦了。

森山的两大训练项目是清汤和白汤。

清汤的特色是一清见底，清爽不腻。

先将猪骨头烫过，加入猪脚，煮一会儿，再加入鸡肉，慢火熬煮整整六小时。在熬煮的过程中，必须不断地以细网筛子捞去浮渣——要在蒸腾的烟气和热气里，大汗淋漓地将浮在汤面上细细碎碎的渣滓捞走，是一项十分琐碎、十分磨人的工作，双手要快，耐性要足；如果捞得不彻底、捞得不够快，残留的浮渣便会影响汤的品质而前功尽弃了；有时，固执的浮渣顽强地粘在巨锅的周遭，还得弯着腰，忍着扑面的热气，仔细地一一刮掉。汤熬煮好之后，加入青葱、生姜、蒜，便大功告成。然而，就算到了最后的阶段，仍会因为一些小小的失误而影响大局。只见动作敏捷如猴的森山气急败坏地指着受训者说道："青葱，我只叫你加入五支，为什么你却全部都丢进去！"加多了青葱，味道完全不同，森山宣布："这是完全不及格的高汤！"

和清汤相比较，熬煮浓稠若奶而鲜腴丰润的白汤，工序便复杂得多了。

将十个猪头和猪脑放进汤里，熬煮三个小时，将汤水煮剩三分之一后，取出猪头，敲碎骨头，放入，继续熬煮，再煮两个小时，将汤倒出，便成了"一号汤头"；它白若牛奶，浓得化不开。把水注入锅中，熬煮已经煮过的猪头，煮上三个小时，便成了"二号汤头"，它汤色混沌，鲜得极亢奋。这时，将浓浓的"一号汤头"和鲜鲜的"二号汤头"掺合在一起，再加入香得蚀骨的上好猪油，便成了既强悍又温柔的白汤了。太美味了，一喝，灵魂便化成风，出窍了！

小小一碗汤，背后竟然有如此大的学问，真可说是"滴滴皆辛苦"了。

有人到日本拉面馆去，发现日本人吃拉面总是"唏唏嗦嗦"地发出极大的声响，这和欧美人"吮面无声"的文化大相径庭，后来，有人做出解释：由于熬煮汤头功夫极大，而拉面又纯粹是手工拉成的，两者相配，成了饮食里的精粹；吮吸有声，是为了对这"精粹"表示最大的尊敬。至于真相是不是如此，就不得而知了。

三代炊事

我日日煮，在快乐的笑影中煮出满桌的五彩缤纷。

外祖母不喜欢烹饪，一直都不。

不喜欢，是有其"悲剧性"的"历史渊源"的。外祖父曾是富商，她婚后一直过着"饭来张口，衣来伸手"的优渥日子，对她而言，厨房的炊烟犹如隔山的云雾，虚无缥缈，看不真切，也无需去看。但是，外祖父在商场连续几次地摔跤，却使原本的金山银库变成了一堆破铜烂铁；外祖母的生活，也由云端跌到了谷底，拿着勺子为一家大小做羹汤，变成了每日不得不面对的俗务。不喜欢，却又不得不做；买菜时，又得量入为出，锱铢必较，当然也就享受不到烹饪的丝毫乐趣了。印象中，外祖母总是以公式化的手法去烹饪，桌上的菜肴，也总像是穿着"制服"般，呆板无变化，说来难以置信却又千真万确，记忆力特强的我，在回想外祖母曾煮过什么菜肴时，脑子里竟是一片茫然的空白，努力再努力，也只是想起一道面目模糊的水蒸蛋；倒是笼罩在炊烟当中外祖母脸上那份沉重，像把锤子般，多年来一直搁置在我心口。

是有了归宿后，我才真正明白了外祖母的心情。她恨的，也许不是烹饪这码事，而是外祖父的不忠。一个女人，肯把、愿把时间花在炊事上，只因为她心中有份完整的爱。当那份像童话般的爱情被另一个女人分去了一半时，烹饪中不可或缺的大元素——爱，当然也就被惨惨地抽走了。

母亲喜欢烹饪,但却常为炊事所累。

蓬头垢面,只为了替炭炉起火。当黑黑的炭块在火焰里闪出红宝石般的瑰丽亮光时,邋里邋遢的烟灰,也肆无忌惮地粘得满头满脸。简陋不堪的炭炉,在"爱心"和"耐心"的助阵下,煮出了松软可口的白米饭、烧出了"芋头扣肉"等"奢华"的菜肴;有时,就算是简简单单的洋葱煎蛋,也是满眼金黄灿烂满口软润柔滑。但是,一餐才过不久,又见母亲坐在炭炉前的小凳子上,添炭、起火、扇风,在淋漓的汗水里,开始为另一餐做准备工作。她老是忙、老在忙,在捉襟见肘的困窘里,利用慧心为桌上菜肴变新花样、在灰飞烟熏的不适里,利用巧手化腐朽为神奇。

母亲为我们几个孩子铸造了香喷喷的童年与少年,但是,不讳言,嗜食的我,不爱炊事,因为我不愿意臭汗淋漓地把宝贵岁月埋葬于厨房。我把炊事看作"避之则吉"的琐事杂务,我将炊烟视为将脸熏黄的"催化剂"。

婚后,我的厨房,不食人间烟火,洁净得像一片没涂果酱的白面包;我呢,顶着炙阳披着月光在外面进行采访,有时一日三餐都在外面解决。有一回,晚上九点多回返家门,门一开,便闻到了快熟面那千篇一律的味儿,厅里,我的丈夫捧着一个大碗,对影成双,稀里呼噜地在吞食寂寞的快熟面。在那一刻,我的心,忽然感到一阵难言的刺痛,不是说"民以食为天"吗?我们的生活,为什么过得这么粗糙?

有了觉醒之后,我便洗手做羹汤了。不久,母亲到台湾旅行,给我捎回了由黄淑惠编著的食谱《中国菜》。一翻,惊艳;再翻,惊喜;三翻,爱不释手。食物,全都变魔术似的成了精致而又雅致、精美而又精巧的艺术品。鸡是鸡,鸡也不是鸡;鱼是鱼,鱼也不是鱼。翻着看时，啧啧惊叹。啊，原来啊原来，只要略施小技，稀松平常的日子，是可以过得灿然生光的。

自此，一头栽进炊事里，陶醉得难以自拔。

现代科技给老虎插上了翅膀，有了微波炉、气压锅、烘炉、慢锅、瓦锅、钢锅等"炊具"的协助，在厨房里烹饪，优雅得像听一阕曲子、插一盆好花、读一则美文、看一出好戏。

我日日煮，在快乐的笑影中煮出满桌的五彩缤纷。然后，我在饭桌上，看到一双一双闪着快活笑意的眸子。

炊事，圆满了我的人生。

番荔枝

怡保的婆家，有株番荔枝树（Custard apple tree）。树身瘦瘦长长的，树叶秀里秀气的，即使风来，也不喧嚣，总是安静而又安恬地挺立着，不动声色而又全力以赴地酝酿着一季的丰实。

果实是嫩绿色的，安分守己地藏匿在枝叶间，渐渐地，愈长愈大，愈大愈丰满，满树春色掩不住。熟了的果实，不甘寂寞地溢出了荡人心魂的香气，惹得垂涎三尺的鸟儿老远地飞来啄食。惨遭蹂躏的番荔枝，遍体鳞伤，虫蚁又落井下石，群聚而舔。原本标标致致的一棵果树，至此变得邋里邋遢，阴气重重。

婆母深知祸害，往往在果实将熟而香气未泄之际，便速速采摘下来。搁在密封的米缸内，只要寥寥三两天，便大熟特熟了。熟了的番荔枝，非常非常柔软，小心翼翼地把凹凸不平的果皮掰开，露出了娇滴滴的果肉，瓣瓣分明，呈现淡淡的乳白色。它的甜，匪夷所思；它的香，勾魂摄魄。捧着吃时，好似捧着一份晶亮如琉璃的爱情，满心迷醉。

不知怎的，这株娉娉婷婷的番荔枝树，某年某日，突然有了脾气，结出的果实，屈指可数。此后，年复一年，愈结愈少，愈变愈金贵，到了后来，简直就率性而为了，时不时来个慵懒的"冬眠"，果实不结，百事不理，清风白云，伴它度日。偶尔兴致来时，便悠悠闲闲地奉献数枚果子，嫩嫩绿绿、硕硕大大，让人看着时欢悦，摘着时欢欣，吃着时欢喜。

当我和这树邂逅时，它已不乖。

物以稀为贵，摘下的番荔枝，无形中便成了婆家的"珍品"。

那一年，初到婆家，满屋子影影绰绰都是人，就在这一片纷纷扰扰的喧闹声中，婆母亲手给我捧来了一颗番荔枝。很大很大、很绿很绿，盛在圆圆的透明的碟子里。冰冻过了，果肉软而不糜，甜而不腻，用精致的茶匙一口一口地舀着吃，那种好滋味，连原本淡漠冷硬的牙齿都情不自禁地生出了丰富的味觉来。坐在一旁的婆母，双目含笑地问道："甜吗？好吃吗？"虽是初婚，在感觉里，却好似已经天长地久地融合在这个温馨的家庭里了。

知道我特爱番荔枝，此后多年，在怡保来来去去，只要这树结出果实，婆母一定给我留。有时，家里人多，婆母担心别人吃掉了，还偷偷藏起来，然后，像个顽童也似的把番荔枝的"藏身处"悄声告诉我。偶尔，藏得不够密，我去寻时，发现它不翼而飞了，便呼天抢地，婆媳笑成一团，真是快乐。

而今，婆母已逝，那树仍在。

依然秀气，依然安恬；不过呢，比以前瘦，也比以前静。

还有，它再也不肯结子了。

蛋香笑影

当危机出现时，我们应该随机应变、我们应该因变制宜。

每次看到圆圆满满的鸡蛋，总觉得它在笑。我的童年，就罩在鸡蛋那一圈一圈轻俏美丽的笑影里；更明确地说，我是在鸡蛋一缕一缕似淡还浓的香气里成长的。

聪慧的母亲在经济拮据的岁月里，以一双巧手将价格特贱而营养特高的鸡蛋变出千种绚丽的面貌，让她的孩子在贫穷的夹缝中健康地成长。

家里，日日有蛋、餐餐有蛋，然而，我们却依然百吃不厌。

早上，母亲将鸡蛋以热水烫成十全十美的半熟状态。躺在碗里的蛋，千娇百媚，新鲜抖擞；紧绷无皱褶的蛋黄胀胀胖胖的，晃荡晃荡地仿佛在呼吸；洁亮如云絮的蛋白润润滑滑的，有着丝绸的滑腻与细致；将这样两个烫得完美无瑕的鸡蛋吃下肚，连脑细胞也欢喜得忍不住唱歌。

中午，母亲煮鸡蛋饭。以酱油、鱼露和胡椒粉为蛋沫调味，在白米饭将熟未熟之际，倒入蛋沫，快手翻搅，之后，压上盖子一会儿，便可以盛饭上桌了。每颗饭粒都密密地裹着蛋沫，好似一盘金子，满桌的金碧辉煌，满嘴的芬芳四溢。

晚上，桌上常有煎蛋，蛋内有乾坤。不同的内容，不同的口感。最简朴的，是洋葱煎蛋，又软又香，口感极佳；最高贵的，是火腿煎蛋，火腿肥瘦相间，瘦者红如火，肥者白如玉,一下锅那香味立刻让人魂飞魄散;其他还有番茄煎蛋、午餐肉煎蛋、银鱼煎蛋、鲜蚝煎蛋、茄子煎蛋、马铃薯煎蛋、奶酪煎蛋、菜脯煎蛋,林林总总,不胜枚举,轮着吃,一个月也不会重复同样的"内容"。

家境渐佳,吃宵夜时,鸡蛋也来凑热闹。母亲的姜汁蒸蛋,无人能及。鲜嫩、光灿、香浓、细滑,有致命的诱惑。夜阑人静时,捧着平湖似镜而香味缭绕的一碗蒸蛋,心里知道这就叫"幸福"了。

母亲也喜欢与人分享食物,她的茶叶蛋遐迩闻名,不是夸口,吃过的人无不魂牵梦萦,说是蛋中极品。那蛋,龟裂如逢苦旱,缕缕茶香幽幽地从道道裂缝泌出,大胆地挑逗你的嗅觉。我总是难以遏制地一口气吃上五六个,吃得胆固醇好似沙漠的温度一样节节上升。

继承家风,我结婚后,蛋既是家中主食,亦是副食。菜肴中常见它,甜品中也有它。当蛋香从唇齿间溢出时,我咀嚼着的,是涓涓亲情、绵绵旧情,还有,源源恩情。

多年以来相濡以沫而又伸手可及的蛋,忽然因为汹汹来袭的禽流感而变得金贵难求,价格飙升到令人咋舌的高度。

我当机立断,不买、不吃。

不是买不到,也不是吃不起;只是我明白,盲目地抢购,只会让奸商一再任意地抬高蛋价,而固执地坚持原有的饮食习惯,只会使市场的供应变得更为紧张!

有时,罢吃,是为了有个更好的明天。

长久以来,我便已从双亲的处世哲学里学到:**当危机出现时,我们应该随机应变、我们应该因变制宜**。只有懂得这个道理,我们才能时时刻刻当自己的主人而不会为任何东西所奴役,也不会为任何人所左右。

腐乳风情

原来，腐乳和人一样，亦是良莠不齐的。

实在、实在喜欢腐乳。小小小小的一块，貌不惊人，但却五味蕴蓄：咸、润、酥、腴、绵。只要轻轻地蘸上一点点，整根筷子霎时便香了起来。一卷到舌上，呜哇嘿呀，就好比在嘴里放入一筒璀璨的烟花，五光十色，整个人立刻变得金碧辉煌。

腐乳与我的童年，有着难以分隔的关系。有一段时期，父亲苦苦挣扎于生活线上，餐桌上少鱼寡肉，然而，一看到腐乳，我便觉得桌子闪着像黄金般的亮光。母亲常在辣味腐乳里加入白糖和麻油，那种辣辣甜甜咸咸香香的味儿突兀矛盾地互相冲撞，撞呀撞的，竟撞出了一股让人终生难忘的绚烂风情。

在异国，我曾与腐乳有过一次美丽的邂逅。

那一回，只身到中国广东省南部的乡镇去玩。一日，心血来潮，到农村闲逛。正是农闲时分，和气的农妇在家打点家务，我与她搭讪，她热诚地邀我进屋喝茶。在厨房后方阴凉处，我看到了好几瓮密封的土坛，信口问道："这是什么呀？"农妇笑眯眯地答道："豆腐乳呀！"我惊喜交集，忍不住走上前去，蹲了下来，轻轻地抚摸那一瓮一瓮厚重平实的土坛。土坛不语，可是，将耳朵贴近去听，却听到了满坛美丽的喧哗。坛子里一方一方的豆腐，正一寸一寸地老去，灰白色的霉丝，好似岁月的痕迹，慢慢慢慢地在豆腐上面蔓延开来。表面上，这一坛一坛的豆腐是在逐渐地走向死亡、走向腐化，可是，溃烂腐坏到了极致时，却不可思议地衍化为另一种全新的生命，真是置之于死地而后生也。

那天中午，和农妇一家子共用午餐，没有大鱼大肉，有的，是自家栽种的新鲜菜蔬，农妇在刚刚烫熟的菜蔬上浇上了以腐乳磨成的浓酱，那种滑腻细致的好味道，让我有魂飞魄散的震撼感。以后，有很长很长一段时间，回想起来，都觉得心思浮游。

然而，腐乳亦有令我大失所望之时。那一回，到云南去，离开昆明前夕，在一家规模极大的商场突然欢喜地看到了罐装的腐乳——不是装在普通那种透明的玻璃罐子里的，而是装在朴实的、密封的大肚瓦瓮内。一个个小而不巧的瓦瓮，好似初入城市的刘姥姥般，土里土气地、局促不安地站在架子上，等待识货者把它带回家去。我一厢情愿而又自作聪明地以为是当地农妇制作的，喜不自抑地买了两瓮，千山万水地携回家。一开瓮，一股怪味扑面而来，一尝之下，天呀，又咸又臭，白白亵渎了腐乳的好名声。开了垃圾桶，"咚咚"两声，就地正法。

最近，精于饮食之道的韦西先生告诉我，巴西班让区的批发市场有间店，出售一种腐乳，是人间极品，每罐八元。我惊叹："那么贵！普通腐乳一罐才八毛钱呀！"他微笑："物有所值，你且试试。"不久，刘姓朋友买了两罐送我，一吃，几乎流泪，哎呀，世间竟然真有味美如斯的腐乳，软、滑、松、化，那种隽永的香，使头发也齐齐竖立。

原来，腐乳和人一样，亦是良莠不齐的。

海参

小时读《镜花缘》，读及海参，印象深刻。故事记载一妇人生病，其女廉锦枫特地冒险潜入海底，寻找海参为母亲滋补病体。当时年幼，不知"海参"是什么，特地查了字典，才知道它是海中的棘皮动物，身体呈圆柱状，体壁多肌肉，口和肛门在两端，种类很多，生活在海底，是珍贵的食品。

一直无缘一尝这"珍贵食品"，等成长后在餐桌上与它相见，才一接触，便疯狂地爱上了它。喜欢它那种不清不楚地胶在口腔里的缠绵感、喜欢它那种软滑厚重一如凝脂的丰腴感。更绝的是：它不含胆固醇，可以狂吃滥食而没有后顾之忧。

要享受真正上好的海参，便得学会自行发泡干海参。菜市里那些已经发泡好的，多采用次等海参，滋味与品质俱欠佳。

一谈起发泡海参，人人都面有难色。处处讨教，然而，得着的竟然都是让人丧气的答复。张三说干海参浸水后，整盆水都变得乌漆墨黑的，臭气熏天，浸它三天，厨房也臭足三天；李四指出海参体内的秽物难以清除，往往牵牵绊绊地弄个老半天却还是邋里邋遢的，令人烦不胜烦；赵五表示干海参异味极重，必须以慢火将它炙烧一遍，再连续多次以姜片和黄梨片加水翻滚，处理程序繁复琐碎。

我听得晕头转向，怅怅然地打了退堂鼓。

最近，挚友卢美玉在家宴客，煮了一锅"佛跳墙"。一尝及那厚厚软软胶胶醇醇的海参，我立刻双眼发直、心房猛跳，刻不容缓地向她追讨发泡干海参的秘方。

她气定神闲地说：

"易如反掌啦！将干海参浸在水里，一天过后，换水，将水煮滚，之后，熄火，任由海参浸在热水中。第二天、第三天、第四天，如法炮制，换水，再滚、再浸。之后，开膛破肚，以汤匙刮去海参内壁的秽物，便大功告成了。"

果真那么简单？

我半信半疑地买来了品质上好的干海参，照做如仪。浸过海参的水，很淡很淡的米色，臭味全无。第二天，以沸水煮过一轮之后，一个个原本干瘪黑瘦而又坚硬如石的干海参，开始起了魔术般的变化——变大变长变肥变厚变软，第三天，愈大愈长愈肥愈厚愈软，夜半无人私语时，站在锅子旁边，仿佛还可以听到它拼命抽长的声音呐！到了第四天，海参宛若脱胎换骨般，一个个精神抖擞、性感饱满，几乎把锅子都撑裂了。取出，用刀子居中一剖，内壁满是秽物，然而，用汤匙随意刮那么几下，便清清洁洁了，半点儿也不费劲。

现在，常与自行发泡的海参"相见欢"。回想当初坚信传言，不求甚解，趑趄不前，可笑复可叹。

年糕

在青春焕发的年代里吃年糕，由于前程未定，特爱寓藏在年糕里那一层"步步高升"的吉祥含意；步入中年后，江山已定，品尝的纯然是一项悠久的美丽传统；而到了华发初长时，咀嚼的却是一份曾经拥有的温馨亲情与回忆……

如果说人世间有让我百吃不厌的食品，那就是年糕了，尤其是婆婆亲手做的，更是隽永可口。

祖宅里有个年代湮远的石磨，陈旧而又沉重，好似驮着千年的心事。平时，无用武之地，默默地屈居一隅；然而，农历新年一来，它立刻发光发亮。

婆婆做年糕，十分考究。新年来临前的半个月，她便慎重地将尘封的石磨取出来，内内外外仔仔细细地洗个干干净净。然后，推动石磨，磨米成浆。根据婆婆表示：过年用石磨磨米，寓有"一切从头开始"的美好含意。看着雪白的米浆好似小瀑布一般从石磨里流出来，就好似看到全新的生活亮丽如绸般在眼前缓缓开展。初磨而成的米浆，有着一种淡淡的香味，非常好闻。每次闻到这种香气，眼前总会浮起满地金黄稻穗随风起舞的美好景象。

婆婆在浓浓的米浆里加入了适量的糖后，便专心致志地为年糕裁剪绿色的新衣裳了。将嫩绿的蕉叶剪出合适的尺寸后，婆婆便会以灵巧的双手将蕉叶折成平底圆形的碗状——可别小看这道功夫呐，万一折得不好，米浆漏出，便前功尽弃了。婆婆手艺极佳，三两下子便为年糕制作出一袭又一袭精巧而又结实的"绿衣裳"；那种心无旁骛的专注，使她那张镶嵌着道道皱纹的脸焕发着一股动人的亮光。这样的一张脸，是永远美丽的脸。

白白的米浆，穿上了绿绿的衣裳，快快乐乐地等着进蒸炉。

蒸年糕的时间必须拿捏得非常准确，婆婆神秘兮兮地告诉我：年糕小气，最恨被人偷窥，如果半途掀开锅盖来看，年糕一气之下，便不会也不肯再发了；所以嘛，必须尊重它，让它在不受干扰的"环境"中成长、成熟。婆婆说这话时脸上那股执着与认真的表情，使人丝毫不敢怀疑这话的真实性，更别说是挑战它的权威性了。

没人偷窥，年糕于是克己奉公，鞠躬尽瘁，静静地膨胀出一锅的甜气，悄悄地酝酿出一季的喜气。

时间一到，掀开蒸笼的盖子，一大蓬一大蓬洁白无瑕的烟气便亲亲热热地扑得人一身一脸都是。稳稳地坐在蒸锅里的年糕，色呈朱红，柔光闪闪，喜气满盈。婆婆看着大功告成的年糕，眉开眼笑地说："啊，年糕年糕年年高！"她那种刻意坚守传统的虔诚，为每一则古老的传说糅上了永不褪色的釉彩。

婆婆的年糕，细致、柔滑、绵软，她常以巧思变出万千口味：椰丝年糕、芋头年糕、番薯年糕、鸡蛋年糕，样样精彩样样绝。新年一过，我便又焦灼地变成一头"长颈鹿"，痴痴期盼另一个新年的来临。

在青春焕发的年代里吃年糕，由于前程未定，特爱寓藏在年糕里那一层"步步高升"的吉祥含意；步入中年后，江山已定，品尝的纯然是一项悠久的美丽传统；而到了华发初长时，咀嚼的却是一份曾经拥有的温馨亲情与回忆……

薄饼

> 正是这种肆无忌惮的戏谑和亲密无间的笑谈，使人倍感亲情的温馨可贵。

爱做薄饼，也怕做薄饼。

朋友当中，不少是烹饪好手，奇怪的是，同是薄饼，风味各异。王碧金的薄饼，像是万里长城，具有磅礴之大气；配料之多，用料之考究，让人叹为观止，单看那一大碗雪白肥美的新鲜螃蟹肉，还有，那鲜嫩艳红堆叠如山的大虾，便足以叫人食指大动了。庄莉凤的薄饼，像是描龙绘凤的宫殿，精雕细琢，璀璨华丽；热气蒸腾的大锅里，作料惊人的多，除了主菜沙葛之外，还有四季豆、胡萝卜、蒜黄、虾仁、肉丝、豆干等等，切工精细，满锅的五彩缤纷，美丽得令人不忍下箸。卢美玉的薄饼，像不事雕琢而浑然天成的杭州西湖；主菜看似单调，然而，沙葛是以味道鲜美至极的高汤熬煮的，煮成奢华的金黄色，宛若浮沉于云海中的明月，清纯当中自有勾魂的艳丽。

师父多，易学艺。我东家学学、西家学学，尽管只学到一点皮毛，却也大着胆子上阵去。然而，一下手去做，才发现工作琐碎得全然超乎想象。

大虾烫熟后去壳切半、螃蟹活杀后剔肉出来、鳊鱼烤香后舂成粉末、鸡蛋烙香切成丝、豆芽去尾烫熟、花生慢火炒香后碾碎，最惨的是：沙葛、四季豆、胡萝卜、蒜黄、豆干、虾仁、五花肉等等，全都必须切得细细的，那真是一项考验耐性的工作，我起初还规规矩矩地切,可是,越切越不耐烦,后来,索性来个"快刀斩乱麻",乱切一气,一面切一面安慰自己:反正众人的肚子里没有装置电灯,切粗切细,谁见得着!谁又在乎!切好、煮好之后,还得炸小洋葱、舂辣椒、碾蒜头、洗生菜、洗芫荽,哇,累得连一根一根头发都惨惨地发出了呻吟。

苦尽甘来,一桌的琳琅满目,把亲人的眼睛照得晶晶发亮。

卷包薄饼,是乐趣、是学问,也是功夫。如果材料放得太多,一卷,饼皮便丑丑地露出一个贪婪的大裂口,看起来龌龊邋遢,让人倒尽胃口;如果材料放得太少呢,入口时空空荡荡的,吃起来很不踏实。必须不多不少恰恰好,卷包之后,搁在盘子上,白、胀胖、饱满,珠圆玉润。一口咬下去,素中有荤的丰腴,荤中有素的清香,加上诸种酱料和佐料,那种大甜大辣、又香又脆、极酥极醇的百味杂陈,嚼着嚼着,满嘴都是幸福的感觉。

然而,薄饼最叫人迷恋的,还在于卷包过程的那份乐趣。互损、互赞;大谈、大笑;狂包、狂吃;那种喧嚣的热闹,已近乎胡闹。**正是这种肆无忌惮的戏谑和亲密无间的笑谈,使人倍感亲情的温馨可贵。**

纵是再苦再累,薄饼,还是心甘情愿地做了一次又一次。从来、从来没有想到,这种好似唾手可得的快乐,竟然会有一天碰上休止符。走笔至此,母亲以纤长十指温柔地卷包薄饼的身影、父亲捧着像抱枕般的薄饼开怀大嚼的模样又清晰地浮上脑际,啊,泪水又奔泻如雨……

无锡排骨

亲朋好友知道我要到无锡去，都不约而同地提出了同样的要求："给我捎一盒无锡排骨，好吗？"说这话时，一双双眼睛竟然都溢满热切的期盼和无声的渴求。

嘿，这无锡排骨，到底魅力何在？

带着疑问和好奇，我动身到无锡去。

下榻于锦江饭店，发现无锡排骨像空气，无处不在。餐馆菜单上有它、百货市场的架子上有它，而百年老店三凤桥，更以惊人宽敞的店面，大大咧咧地坐在闹市中心，兼售新鲜烹调与真空包装的无锡排骨。

关于无锡排骨，有个美丽的传说——相传 800 年前，济公来到无锡南禅寺。白天，他疯疯癫癫地外出云游，晚上，寄宿在寺院的大殿上，每天总要带些狗肉回来，放进香炉里煨。香灰炽热，一夜过后，肉香四溢，成为令人垂涎欲滴的绝世美味。自此，以慢火煨肉的方式，就在无锡天长地久地流传下来。后来，更进一步地发展出"南派"和"北派"，北派以宽锅大火烧煮排骨（俗称"余汤熟肉"），再以菱粉收汤；南派则用密封之锅紧汤慢火烧煮。再后来，有人兼取两派之长，全面改革了烧制的方法，研制出风味绚烂的无锡排骨。

抵达无锡的当晚，便与朋友在餐馆品尝了遐迩闻名的无锡排骨。一上桌，那灼灼发亮的酱红色泽便出其不意地带出了满桌的喜气，迫不及待地尝，嗳，那肉，鲜嫩、糜烂、润滑；当它跌跌撞撞地从食道坠入胃囊时，那股浓郁的味儿，把肠壁胃壁全都熏香了。我吃得津津有味，然而，奇怪的是：同桌一位女士，始终不曾着箸。问起时，她微笑地说："我在家常煮，煮得比这更好呢！"

这话，使我想起了最近在《讲义》杂志读及的一则短文：一位富豪尝了他家新聘厨师的罗宋汤后，惊问秘方，厨师一脸嘚瑟地答："牛肉没什么特别，胡椒也很普通，洋葱也是市面上可以买到的，但是当我把自己也放进去时，一切就不一样了。"

隔天，受邀到无锡八叔家里去用餐，桌上，当然少不了无锡排骨啦！风味虽然与餐馆有异，但却同样令人齿颊留香。八婶大方地公开烹制秘诀：以适量黑酱油和白糖腌排骨，之后，在油里爆香姜片，加入一整饭碗的绍兴酒，再慢火熬煮腌好的排骨，直至骨酥肉软为止。

回返新加坡后，如法炮制，在指定原料里再加入了一个"自己"，果然便在满屋的酒香里煮出了一锅滋味不同凡响的无锡排骨。吃着时，八叔的话不期而然地浮上了脑际：

"在过去艰苦的日子里，偶尔有一片肥肉佐膳，便是天大的幸福。现在，忆苦思甜，倍觉食物可口！"

是的是的，想吃肉便有肉可吃，是一种多么平凡而又可贵的幸福啊！

胆固醇这鬼

胆固醇是一只狡猾奸诈的鬼，不动声色地躲藏在人体里，等待良机，兴风作浪。

每年进行全身检查，过不了关的，总是胆固醇。它像物价，年年高涨，初而略高、再而偏高、继而绝对的高。

为求保健，只好勉为其难地尝试改变饮食习惯。改吃清淡食品，多吃谷类菜蔬，但是，对于嗜食海鲜、肉类、蛋类还有椰浆成品的我来说，这种改变和地狱的历练并无两样。后来，一看到谷类麦片，竟像看到泥沙一般，倒足胃口。也曾试过做运动，但是，运动是我300年前的"宿仇"，每回气喘吁吁地跑步回家时，我总是觉得世界末日近在眼前，痛不欲生，后来，三天打鱼两天晒网，一曝十寒，最后，终于忍受不了煎熬，全然放弃。

难以戒口，又不爱运动，只好求助于民间偏方。有人劝我多吃胡萝卜，于是，早晚勤喝胡萝卜汁，外加生啃胡萝卜。过了一阵子，去验血，胆固醇水平果然向下滑落，然而，"后遗症"也紧随而来。一日，当医生的弟媳无意间看到我双掌黄似泥土，大惊，促我速速去验血，看看肝脏是否已因过多地吸收了胡萝卜素而受损了，幸好吉人天相，安然无事。

今年，作例常身体检验时，胆固醇居然突破300大关，惨惨地进了"地雷区"。医生下了"哀的美敦书"，开诚布公地给了我三项选择：其一，彻底改变饮食习惯；其二，每天勤做运动；其三，长期服药。我以"义士断臂"的心情壮烈地作了第三项选择。

从此，乖乖服药。可是，医生又发出警告：这药可能会导致肝脏衰竭，嘱我每三个月去验一次血。唉，为了口腹之欲，只好不惮麻烦，服药、验血；验血，服药，周而复始。由于药剂的分量不轻，胆固醇全然受到了控制，于是，便放心而又放怀地大吃，猪油渣、猪脚、东坡肉、肥膏螃蟹、大虾、八爪鱼，等等等等，吃得不亦乐乎，百无禁忌。

最近，读一份报道《功效神奇的大豆》，内有一段文字犹如钻石般照亮了我双目："25年来，30多项研究显示：每天只需吃47克大豆食品，就可以使体内的总胆固醇水平平均降低百分之九，使坏胆固醇水平平均降低百分之十三。"

从此，日日勤喝豆奶，又擅自将药量减半，连续喝了三个月以后，去验血，哇哇哇，总胆固醇水平才188呢，比标准的健康水平200还要低，眉开眼笑。从此，视豆奶为琼津玉浆，每每想到豆奶好似降妖道士一样在体内猛猛收服胆固醇这鬼，我便心花怒放，连做梦也笑出声来。

棺材板

> 靠标新立异的名堂出位,哗众取宠,没有与时并进地提升与改良内涵,恐怕永远只能吸引不明内情者,而且,就只能吸引寥寥的一次!

当我在台南赤嵌楼附近那家店铺外面看到"棺材板"这三个字时,心里立刻生出了发毛的感觉。

谁敢相信,"棺材板"这么一个阴森可怕的名词,居然是驰名台南的一道小食!

所谓的"棺材板",是将厚厚的一个面包在油里炸得金光灿烂后,中间挖空,填入鸡肝、鸡肫、鸡肾、马铃薯、玉蜀黍、青豆、胡萝卜、牛奶面糊,再浇上液状奶酪,然后,用薄薄的油炸面包片做成"棺材盖子",让顾客以刀切食。

坦白说,食物的卖相挺美,但是,怎么会取这么一个令人毛骨悚然的名字呢?再说,中国人一向忌讳死亡,为什么会让这个毫不吉利的"棺材板"堂而皇之地进入五脏庙里?

追源溯流,据说台湾光复初期,美军进驻台湾南部。台南有位经营饮食业的师傅,名字唤作许六一,受美军饮食的熏陶和影响,发明了一道"中西合璧"的小食,把鸡肝等中式用料嵌入西式的油炸酥面包里,取了一个很俗气的名字,称为"鸡肝板"。由于构思新颖、口味新奇,一经推出,便风靡"饕餮"。

"鸡肝板",这个"一本正经"的名字,后来为什么会改为"耸人听闻"的"棺材板"呢?

对此,众说纷纭。

有人指出，曾有食客戏谑地告诉许六一，鸡肝板形状酷似棺材板，许六一听后拊掌大笑，说："棺材板，啊，好名字！"从此，"棺材板"这邪里邪气的名字便不胫而走了。另外，也有人言之凿凿地指出：曾有台湾考古队伍到许六一的小食店品尝鸡肝板，其中一位考古队员打趣地对许六一说道："你这鸡肝板，和我们正在挖掘的石板棺十足相像呢！"脑子灵活的许六一，闻言心喜，从此便以"棺材板"作为宣传噱头；结果呢，这个"不同凡响"的名字，果然一如所料地传扬四方，客似云来。

我对台湾的朋友说道：

"这道小食，卖相挺美，以棺材板命名，实在亵渎了它的美丽。如果称它为百宝箱或是珠宝盒，不是既吉祥又好听吗？"

哪里知道，朋友却摇头应道：

"台湾小食，多如过江之鲫，要脱颖而出，非得出奇制胜不可！棺材板这名字，又邪又怪，正好迎合了人们的猎奇心理。就算它不如传说中的美味可口，可是，游客一到台南，还是非得找来尝尝不可！倘若正经八百地称它为百宝箱或珠宝盒，恐怕它便会湮没在多如繁星的小食当中了。"

说得极是。

许多台湾人告诉我，他们其实并不喜欢"棺材板"这道小食，嫌它过于厚重、过于油腻，而且，馅料用的是内脏，酱料又是奶酪，极不符合健康原则。吃它，只为了它的名气。尝过之后，绝不回头。

我尝了。

这外表亮丽的"棺材板"，味道偏甜，咀嚼时，满口油腻腻、黏糊糊的，好像在咬食一大块如铁般重的糨糊。食毕走回旅馆时，还可以感觉到一滴滴肥肥的油从毛孔里不断地渗出来、渗出来，淌得满地都是。吃一块，饱一天呐！

坦白地说，冲着它的名气吃过一次后，我也绝对不愿、不会、不肯再当回头客。

靠标新立异的名堂出位，哗众取宠，没有与时并进地提升与改良内涵，恐怕永远只能吸引不明内情者，而且，就只能吸引寥寥的一次！

月饼

著名作家蔡珠儿在《云吞城市》一书里的"小甜甜"一文中，谈到香港已故富婆龚如心一些为人津津乐道的节俭传闻时，举出了一个极其生动的例子，她亦庄亦谐地写道：

"中秋节在公司发月饼，她不是整个发而是切成八份（还有人说切成六十四份），她的解释是：月饼太肥了，吃多了不好。"

这个传闻的真实性也许有待查考，然而，闻者莫不失笑，哎哟，一个月饼切成六十四份，恐怕有人只能尝到饼屑的味儿！

莞尔之余，我的味蕾却在回忆中泛出了一丝苦涩的味道。

对于童年的我们来说，象征着中秋佳节的月饼，就好像是天上的月亮一样，可望而不可即。它是一年一度的应节食品，恃宠而骄，贵得离谱。当父亲像一尾离海的鱼般在生活线上苟延残喘地挣扎得极苦时，我们家和中秋节那种花好月圆的喜气是沾不上边的。摆在橱窗里那一个个圆圆的月饼，就和澄澄发亮的金币没有两样。把金币放进口里，那是比梦还要奢华的愿望啊！

在怡保度过的那一个又一个捉襟见肘的中秋节里，我们老是听到内心深处对月饼那一声比一声渴切的呼唤；那是一种非常焦灼的呼唤，呼唤声里蕴含着泪光。正因为一直吃不到，那种想象的美味，因此而充满了高度的诱惑；匿藏于心中的这个欲望啊，可说是张牙舞爪的！

后来，当父亲这尾"搁浅"于岸上的鱼倾尽全力游入了辽阔的大海后，我们在中秋节便有了以月色装点生活的心情了；月饼，当然也就成了点染佳节气氛的"主角"了。

那时候，月饼花样不多，主要是以莲蓉为馅，蛋黄为心。

永远难以忘怀第一次品尝月饼的那种感觉。

柔滑细腻的莲蓉是潺潺流经舌面的一道小溪，透不浮油的蛋黄是酥软的月亮，"水光月色"在味蕾上交织成一片明暗递变的奇特景致，那种味道，不是平铺直叙的单调枯燥，而是层次不一的变化无穷，吃着时，明确地感觉到一种汹涌而来的、翻腾不已的甜味；而这种甜味，正是我童年生活最缺乏的。

迟来的月饼，着实给我们兄弟姐妹带来了迷乱如雨的狂喜。也许是出于补偿的心理，姐姐吃月饼有一种穷凶极恶的方式，她喜欢把一整个圆圆大大而又厚厚实实的月饼捧在手里，大口大口地吃，豪放而又痛快，把旁人看得一愣一愣瞠目结舌。她且嗜食蛋黄，母亲给她买月饼时，总刻意选购那种藏着"四轮明月"的。她心满意足地吃着时，母亲居然还说："以后另外再煮四个咸蛋黄，给你加料。"十足一种放纵的爱。

社会经济好转，奢华之风吹起，与月饼原本风马牛不相及的燕窝、海产、金箔等等，居然都投机取巧地在中秋节里与月饼硬生生地扯上关系。送礼的人心里踏实，受礼的人脸上光彩；这时，月饼已不再美丽浪漫了，它变得世故市侩，俚俗不堪。

双亲于2003年相继去世之后，说也奇怪，我的味蕾，便对月饼起了强烈的抗拒。嫌它甜、嫌它腻。朋友戏谑地说道："每一种食物在一个人的一生中都有个限量的，也许，过去毫无节制地狂吃使你月饼的限量用完了。"我漫应道："嗯，也许是吧！"然而，我心里明确而惆怅地知道，这不是真正的原因，不是啊不是！

胎记

可以这么说，家常菜，就是母亲留在孩子身上的胎记，这道胎记使得孩子对于家有了一生一世绵绵长长的眷恋。

2009年7月1日是我辞职的第一天。

几位好友都不约而同地探问，习惯于忙碌生活的我，究竟是如何度过"无职一身轻"的第一天的？

呵，那可真是忙得不亦乐乎的一天。

我答应了安娜，为100.3广播电台和网络视像（www.omy.sg）烹煮美食，清谈人生。拍摄地点就定在我家，时间是下午三时许。

喜欢上安娜的节目，因为口齿伶俐的她，常常会随机应变地抛出一些充满挑战性的问题，使访谈充满了意想不到的奇趣；与此同时，她又深具幽默感，善于把连连笑声带进节目里，让人如坐春风。

我特地为这项访谈设计了一张菜单，包括三道菜（东坡肉、帝皇鸡、辣炒臭豆）、一道汤（莲藕汤）、三道甜品（香蕉蛋糕、仙茶、龟苓膏）。其中两道菜是需要"临时上阵"的，其他的都可以预先做好。

一大早上菜市，买齐了食材后，便在厨房里"运筹帷幄"了。东坡肉和莲藕汤需要长时间熬煮，所以，必须先做。当肉在油里美滋滋地发出响声而莲藕在汤内上下翻舞时，我便快手快脚地把仙茶和龟苓膏煮好。接着，烘焙香蕉蛋糕，在准备工作上，出了一点恼人的差错，我误把糖霜当成砂糖而和牛油一起击打，之后，当我将它混掺入蛋糕粉内时，觉得缺乏了应有的那种沉实感，才惊觉自己因为心神浮游而失误。于是，把原本准备送进烘炉的面糊全都倒掉，重新再来。常常觉得，食物是有知觉、有感情的，当它得不到应有的尊重时，便会以自己的方式来进行报复了！

一切准备就绪后，便在满屋弥漫的香味里，愉悦地等待了。

安娜一迈入屋内，就兴奋地说："好香啊！"确实是香，所以，我毫不谦虚地颔首微笑。网络摄像记者陈明财随后到来，知道有两道菜肴还没煮，便体恤地说："分段拍吧，先拍那些煮好的菜肴；要不然你弄得大汗淋漓，拍摄起来不好看。"我笑了起来，说："不碍事，我可以向你保证，两道菜煮完后，发不乱、汗不流，一切保持原状。"

实际上，我一向的烹饪原则便是"三简"：简单、简化、简易——用简单的食材、简化的步骤、简易的方法，烹煮美味可口的食物。此刻，当着安娜与明财面前，我不费吹灰之力，便把帝皇鸡和辣炒臭豆轻轻松松地做出来了。我总觉得，我们应该以炊事增加生活的情趣，然而，我们不能在烹饪中投入太多时间而本末倒置地被厨事所奴役。

把一道道做好的食物全都摆到桌上，明财拿着摄像器材忙忙碌碌地"捕风捉影"（捕捉香风和影像），我和安娜便坐在镜头前面，一边细细品尝，一边闲闲交谈；那种感觉，不像是在做节目，倒像是和好友在谈天说地，惬意而舒心。

节目录毕，给明财盛了一碗莲藕汤，他欢喜地说：

"我爱喝汤，家里，母亲常常用薄荷叶和鱼丸鱼饼一起滚汤，那种口味，十分清新。"

我双眼发亮，因为无意中又得着了一道新的食谱。

瞧，这就是家常菜的魅力了，同样是汤，家家不同；同样是肉,道道迥异;充分地体现着母亲的创意和智慧。

平平凡凡的家常菜,却蕴含着深深浓浓的情感,不论菜啊肉啊汤啊,都蕴藏着我们整个成长岁月的美好记忆,那是一种属于家的特殊味道。**可以这么说,家常菜,就是母亲留在孩子身上的胎记,这道胎记使得孩子对于家有了一生一世绵绵长长的眷恋。**

杏仁香

> 「饮食这一行,有了秘诀还不够的,还必须有爱心,如果你煮它而不爱它,煮出来的杏仁糊可能很浓,但绝不滑口。」

对澳门最初的记忆,是和杏仁紧密地缠绕在一起的。

那时,初上中学,有人给父母从澳门捎来了一盒杏仁饼,说是以传统手工制作的。入口的杏仁饼,酥、松、脆、轻、化,如同一团没有重量的云雾,五指一拈便纷飞四散;在无迹可寻之际,那股杏仁的香味偏又似不散之幽魂,依依不舍地与唇齿相缠绵。

从此,澳门的杏仁饼便成了记忆里的一滴酒,渗透进岁月的缝隙中,然而,它不但没有被蒸发掉,反而越变越醇,成了记忆之库的柔醇佳酿。

在澳门回归中国整整十年后的那个春天,我来到了澳门。

走在大街小巷里,行经无数大大小小的店铺,大师傅小师傅都以自家的秘方意兴勃勃地烘制杏仁饼,杏仁饼那一缕缕含蓄的香味,宛若毛毛细雨,细细碎碎的,纷纷纷纷洒落在行人身上。

在一家古老的店铺前驻足,看一位眉眼含笑的师傅做饼。

宽宽的桌面上,高高地堆满了混合了糖、油和杏仁的绿豆粉,只见他手脚麻利地把绿豆粉填入圆圆的饼模里,倒扣过来,"扑"的一声,玲珑可爱的杏仁饼便端端正正地掉落在竹编畚箕上。可别以为这是轻而易举的雕虫小技哪,如果经验不足,技巧掌握不好,饼模倒扣时,绿豆粉便会像骤降急雨一样,散满于畚箕。当然,原料的选择也很重要,师傅自豪地告诉我:"我们都是选用加州进口的杏仁,特大粒,特香。"等圆形大畚箕排满了杏仁饼,师傅便按照传统的方法加以烘焙。澳门人对传统的手工工艺多年如一日的坚持,特别令人感动,也正因为这份近乎固执的、绝不松懈的坚持,使澳门许多传统食品有了独树一帜的口味。

烘好的杏仁饼,千娇百媚地躺在畚箕上,悦目的米黄色,圆而美、烫而香。秉承着澳门人热诚的天性,烘饼师傅招呼我:"尝尝,你尝尝吧,不买没关系的!"

我取吃了一片,入口的杏仁饼,酥、松、脆、轻、化,如同一团没有重量的云雾,五指一拈便纷飞四散;在无迹可寻之际,那股杏仁的香味偏又似不散之幽魂,依依不舍地与唇齿相缠绵。

这时,我忽然觉得双眼发潮,啊啊啊,几十年岁月,居然就好像湍急的河水一样,一眨眼间,便哗啦哗啦地从身畔流走了、流走了;此刻,我寻回了童年那股曾经令我神魂颠倒的味道,但是,岁月之神却把当年与我共尝美味的双亲,我所挚爱的双亲啊,永永远远地带走了。"人间只道黄金贵,不问天公买少年",双亲都还健在的年轻朋友啊,但愿你们都能珍惜和父母共尝美味的每一个宝贵时刻!

在澳门逗留期间,天天都在福隆新街、清平直街、新马路一带晃来晃去,浸在那种悠悠闲闲的生活氛围里,看澳门人当众烤肉干、做花生饼、烘蛋卷,然后,又在他们殷殷劝食下,欢欢喜喜地吃得脑满肠肥,身心都全然松弛了。

一日,闻到杏仁糊浓郁的香味。在新马路一家很古老、很窄小的店子里,看到一个满脸沧桑的老人,在炉火前一只很大很大的锅子里熬煮杏仁糊。我在店子里唯一的那张小木桌边坐下来，老人给我端上一碗杏仁糊，很干净的奶白色、浓稠、芳香、细滑、顺口，哎哟，是极品杏仁糊呐！它像足了一个温柔的陷阱，才喝完一碗，我又迫不及待地说："再来一碗！"然后，又一碗。老人的皱纹注满了笑意，他骄傲地抖出了自己的底子："我从小便学做杏仁糊，已经做了好几十年了。我曾在台湾开了三间店，客人都得在店外排队一阵子才吃得着。可是，台湾发生地震，开设在同一条街的三间店子，全化为瓦砾，只保存了一条老命。重回澳门，一切从头做起。现在，我老了，没什么指望了，只希望有人肯学，让我把我的手艺传授下去。"据他透露，最近，有家旅馆出了一万元澳币，让厨师向他学艺呐！他慢条斯理地说："**饮食这一行，有了秘诀还不够的，还必须有爱心，如果你煮它而不爱它，煮出来的杏仁糊可能很浓，但绝不滑口。**"老人在说话时，双手一刻也没停地搅动着那锅袅袅冒着热气的杏仁糊。他保住了传统，搅出了风味……

腊味

啊，吃腊味，就是吃我百味杂陈的童年时光、就是吃我明暗递变的青葱岁月、就是吃我的回忆我的懂憬我的梦幻我的寄托我对人生的追求……

如果没有腊味，是不行的。

过年时，丰丰盛盛的鸡鸭鱼肉摆满一桌，可是，如果少了花团锦簇的腊味，不行，硬是不行。

腊味，是传统、是气氛、是亲情、是幸福。

没有试过贫穷滋味的人，大概很难想象一盘腊味所能带来的大欢喜。那种从心坎深处流溢出来的快乐啊，就像是在又湿又冷的阴霾日子里，突然被温暖的阳光哗啦哗啦地洒满了一脸一身，高兴得要癫狂。

童年，在怡保过年的记忆，刻骨铭心。

那一个时期，父亲失业，一筹莫展的母亲，恨不能把空气切成一块块，煮给几个肚子饿瘪了的孩子吃。新年的跫音近了，远远近近陆陆续续响起的爆竹声，像是杂杂沓沓的脚步声，一下一下地踹在心叶上，听在耳里，有无限的凄凉。别人是"近乡情怯"，我们却是"近年情怯"！

那个年关到底是怎样熬过去的，我已不记得，然而，在记忆里清晰如昨的，却是除夕餐桌上的那一盘腊味。

千娇百媚的腊肠、千锤百炼的腊肉、千回百转的腊鸭，全都历尽沧桑而又苦尽甘来地炫耀着亮亮的油光，简陋的茅屋顿时变得五光十色，充满了爱和激情，让人惊喜交集。腊味那股纤纤细细的香气啊,就像一条灵动的小蛇,溜溜滑滑地到处游走,无处不在;年的气氛,年的感觉,就这样猝不及防地来了、来了。

啊,过年了呢,真的过年了呀!

手里捧着热腾腾的白米饭,筷子夹着亮闪闪的腊肠,这时,落在耳里的爆竹声,噼噼啪啪、噼噼啪啪,货真价实,全都是真真切切的爆竹声;一声一声,也全都是心花绽放的声音,饱饱地蕴含着笑意。

年关难过年年过。不管手头有多紧,不管家里经济有多困窘,父亲总确保,过年时,桌上会有一盘异彩纷呈的腊味,腊肠艳红、腊肉朱褐、腊鸭金黄,嗳,那真是一种非常、非常温暖的色彩;它让我们知道,日子可以是灰色的,甚至是黑色的,但是,天无绝人之路,生活里总会有一个小小小小的角落,露出令人憧憬的缤纷,让人产生一种色彩丰富的欲望,让人活得踏实而又充实。蛹在痛苦挣扎的时候,肯定就是蝴蝶的斑斓给了它蜕变的勇气、给了它奋斗的意志啊!

慢慢地,贫瘠的日子远了、远了,爸爸让我们过上了"要啥有啥"的日子。我们的五脏庙,永远有馐珍百味在供奉。除夕,鸡鸭鱼肉是餐桌上一个接一个的"逗号";但是,对我而言,大鱼大肉都只不过是新年的点缀品罢了,我心中的主角,永永远远是那一盘腊味。

结婚之后,回返怡保婆家欢度新年。

除夕,惊喜交集地在餐桌上看到了一盘腊味,无比绚烂、无比华丽。婆母是琼州人,家里多年沿袭着过年必须吃腊味的习俗。嘿嘿,婚前我还一直以为腊味是广东人的"专利品"呢,真是"井底蛙"心态啊!

婆母把腊肠夹到我碗里，说：

"你尝尝，我自己做的。"

呦，自己做腊肠？我仔细端详，光滑紧致的腊肠，肥的部分亮澄澄像上好白玉、瘦的部分红彤彤像极品宝石。一尝，哎哟，不得了，肥瘦比例恰到好处的腊肠，满满满满地蕴含着甘醇的酒香，让人吃着时乍醉又乍醒，多少前尘旧事就在朦朦胧胧间浮上心头来。

啊，吃腊味，就是吃我百味杂陈的童年时光、就是吃我明暗递变的青葱岁月、就是吃我的回忆我的憧憬我的梦幻我的寄托我对人生的追求……

食客

> "料理食物就像料理人生，品尝美食就像品味人生。在食物里，有感情、有哲学，更有眼泪和感动。"

长达 28 集的韩剧《食客》，是用以下的文字进行宣传的：

"料理食物就像料理人生，品尝美食就像品味人生。在食物里，有感情、有哲学，更有眼泪和感动。"

这段文字里，有我很喜欢的一种味道，于是，买了。

结果呢，看一集爱一集，爱得如痴如醉。

故事以哥哥峰州和弟弟成灿经营餐馆的矛盾概念和斗争为主轴，提出经营饮食业究竟该保持传统味道抑或是迎合世界潮流这个发人深省的主题，再从旁牵引出许多耐人咀嚼的小故事，不着痕迹地把可贵的传统价值观灌注入内，处处闪烁着思想的亮光。剧情紧凑，一气呵成；而且，人物性格也塑造得很平实，令人信服。最使我折服的是那种一丝不苟的认真制作态度，韩国各种传统行业，诸如：鲍鱼养殖业、炼盐业、养牛业、采茶业、捕鱼业、制刀业、宰牛业，等等，在剧内都有翔实的报道，的确是电视剧的精品。

随手掇拾几则感人的小故事。

例一：有个妇人，热爱美食，精于烹饪，但是，不幸生了舌癌，丧失了一切味觉。她的女儿在其他城市工作，每年生日回家，妇人便会为她精心烹调她所喜欢的菜肴。这一年，女儿带了担任饮食料理师的男友一起回去。母亲为她准备了泥鳅汤，女儿喝得津津有味，赞不绝口。母亲十分高兴，送了一碗给邻居，可是，邻居才喝了一口，便吐了出来，说咸得像盐巴，难以吞咽！伤心的母亲这才知悉原来这些年女儿都是佯装喜欢她煮坏了的食物。晚上，她流着泪叹息着说："舌癌手术过后，米饭、肉类、蔬菜，入口全是同样的味道，那就是没有味道的味道。让食物在味蕾上翻起千万层截然不同的滋味，那是一种多大、多深的幸福啊，为什么以前却从来没有好好地感受到这一点呢？"女儿抱着妈妈，动情地说："妈妈，您煮的菜，有一种幸福的味道，这种味道，便是天底下最好的味道。"次日，料理师一早便到附近农田采了许多菜蔬，配合海鲜，以精湛的手艺做了一大锅色泽缤纷的汤，说："给令堂做的。"女儿悄悄应道："我妈已全然丧失味觉了呀！"料理师微笑地说："品尝食物，用的不单是嘴巴而已，还能用心去吃呀！"料理师的诚意感动了她，果然，她多年麻木的味蕾在无穷的想象里居然"复活"了，她在盈眶的泪水中，尝到了鱼的鲜味、菜的甜味、饭的香味……

例二：有位父亲，是遐迩闻名的打刀匠，为了能把精湛打刀技艺传给下一代，他漠视独子的兴趣，硬逼他学，独子受不了他的苛责严打，离家出走。后来，独子犯罪入狱，从此恨透父亲，每回父亲探监他都拒见。父亲患上胃癌且已是末期，千辛万苦找来了蕴含浓浓黄膏的竹蟹，做了独子最爱的拌饭去探监，但独子依然拒见。后来，知悉这是他见父亲最后一面的机会时，才猛然醒悟，多年来这样的仇视对父亲是多么残酷的折磨啊！他在父亲面前大口大口地把黄膏竹蟹拌饭吃下去时，混合着悲恸与懊悔的眼泪也掉满了饭盒，此刻，他吃下的，其实是因为误读父爱而错失了一生幸福的苦涩；而在父亲晃动的泪光里，也道尽了以错误方法教导孩子而逼他上梁山的痛楚与后悔……

例三：一位精于制作泡菜的年迈妇女在独子死后性情大变，由乐于助人的慈祥转变为动辄发怒的暴戾，她甚至把温顺的媳妇赶出家门去。在她临终前的一段日子，行为更是怪异，到处偷摘他人的瓜果蔬菜，发疯也似的做出一坛坛的泡菜。在去世的前几天，她还偷偷跑到媳妇工作的地方，站在远处看她；回家后，又到茶园偷采了一把上好的绿茶，与大白菜混合，做了一坛秘制绿茶泡菜。她死后，因她的偷窃行为而与她失和的左邻右舍才赫然发现，她临终前拼命腌制的那一坛坛泡菜，其实都是为他们而做的。至于那坛风味独特的绿茶泡菜，则是特地留给她媳妇的。当年她刻意虐待媳妇，赶她出门，是因为她希望年轻的孀居媳妇能另觅春天。真相大白，老妇人的善良犹如一道光，把他人的心房照得熠熠发亮。

剧中感人肺腑的小故事，不胜枚举，我觉得学校可以摘取剧中一些小片段，作为启迪学生思想的生动教材。

米饭和烙饼

其一：瑰丽的米饭

说来令人难以置信，伊朗食物当中最令我念念难忘而又日日开怀大吃的，竟然是白米饭。

长、丰满、粒粒分明，洁白无瑕，散发出珍珠般的亮泽，漂亮得好似蜡塑品一样。入口，稍一咀嚼，便有异香宛若轻烟缕缕游走于唇齿之间，使人在刹那间丧失了思考和语言的能力，幸福得泪盈于睫。

伊朗人胃口奇大奇佳，不论是午餐或者是晚餐，都必须兼食米饭和烙饼。消耗量大，而境内可耕地又少，白米供不应求，必须从泰国和老挝等地进口。然而，对于众多伊朗人来说，伊朗米永远是他们的最爱，尽管伊朗米的价格比外来米贵上三四倍，可是，伊朗米依然永远是他们的第一选择。

这种特长特香的米，盛产于伊朗北部里海沿岸一带，它是伊朗农夫最大的骄傲，而以米为主食的伊朗人一提起它，往往便会双眼绽放异彩，跷起拇指，齐声叫好。

有一位伊朗人以充满了自豪而近乎自负的语气对我说道：

"在中国和印度，白米虽然同是主食，然而，我个人觉得，不论是中国人或是印度人，都不懂得烹煮米饭之道，只会让白米在水里煮啊煮的，在沸水中滚呀滚的，等它熟的时候，它也老了。老实说吧，这种粗暴的烹煮方式，不但硬生生地破坏了米的特质，而且，白白糟蹋了上好的大白米。"

啊哈！"粗暴"这词儿，可真传神啊！当然，和伊朗人一比，我们煮饭的方式，的的确确是因陋就简、草草成事而又温柔不足的！

伊朗人煮饭，先让米在逐渐变热的水中慢慢翻滚，等颗颗米粒吸足了水分，正欲膨胀扩张时，快速从炉上取下，将浮在米粒上面的水分倒出，放入大碗中，隔水蒸一个小时。米在锅内氤氲的蒸气中慢慢涨大、成熟、柔软，就像果实在农夫刻意的照顾下在枝丫上自然成熟一样，散发出一种让人心驰神往的异香。

以这种方式煮成的米饭，极松、极嫩、极软、极滑、极香、极可口；坦白说吧，在咀嚼着这样一种类似艺术品的白米饭时，每一口，都让人有着不愿随意吞咽的眷恋。

最妙而又最绝的是：伊朗人喜欢以各种各样盛产于伊朗的果子和鲜花将上桌的米饭装饰得缤纷多彩。扁豆的青、杏子的黄、萝卜的橙、樱桃的红、南瓜的金、葡萄的黑、菠菜的绿，将盘盘雪白雪白的大米饭点缀得花团锦簇、喜气洋洋；充分地展现了他们喜欢米饭的心态，也完全地发挥了他们尊敬白米的精神。

上餐馆去，在菜单里，米饭的种类多得令人目不暇给。咸的、甜的、荤的、素的，都有。富于创意的伊朗厨师有时亦利用食品的装饰来发挥他们幽默的本色，比如说吧，点"羊腿饭"，上桌时，只看到被装饰得五彩璀璨的白米饭得意洋洋地堆如小丘，至于那赤裸裸的羊腿呢，则极尽诱惑能事地从米饭下面性感至极地伸出了小小的一角，金黄脆亮的，引人遐思。有时，点"烤鸡饭"，触目所见，是一大盘打扮得花枝招展而风情万种的饭，烤鸡呢，委屈万分地埋在米饭里，鬼鬼祟祟，首尾不见。

在伊朗的餐桌上，米饭，不是可有可无的配角，它扬眉吐气地成了不可或缺的主角，不可一世，但又令人爱入心坎。在伊朗旅行期间，我所吃的米饭，恐怕比过去十年加起来的总和还要多。走笔至此，伊朗米饭那种使人心醉神迷的醇香又从唇齿间浮了上来……

其二：勾魂的烙饼

如果说米饭是伊朗餐桌上的主角，烙饼的重要性也不遑多让；两者可说是唇齿相依，缺一不可的。

在以烙饼为主食的巴基斯坦，烙饼就只有简简单单的一种：圆的、冷的、带着几分韧性的、淡而无味的。然而，来到了伊朗，我却惊讶而又惊喜地发现：每个城市的烙饼，都有着截然不同的风味。

首都德黑兰（Tehran）的烙饼最是保守，一成不变地恪守着古老的传统，圆的、冷的、带着几分韧性的、淡而无味的，拘拘谨谨而又干干净净地裹在薄而透明的塑胶纸里，端端正正而又一丝不苟地坐在盘子上；这样的一种烙饼，是绝对引不起我的食欲的，我通常只把它看成是餐桌上可有可无的摆设品。

南部城市西拉兹（Shiraz）的烙饼最是惊人。非常非常大张，烤得香香热热、焦焦脆脆的，很野性很放浪很不羁地躺在赤裸裸的桌面上，无掩无遮、坦坦荡荡，足足占去了半张桌面。饼皮酥脆而不油腻，闪着金黄的色泽，掰开，里面雪也似的白，热烘烘的，烟气直冒。迫不及待地吃，哇，松、化、绵、软，好像吞的是虚无飘渺的云絮。糟的是：云絮轻若无物，一吃再吃，吃了又吃，等饱胀的感觉浮上来时，呦，为时已晚，整个人，走起路来，像企鹅。

北部城市达布里斯（Tabriz）的烙饼，最是奇特。到一家唤作"Delpasand"的餐馆去，烙饼的炉灶，就设在餐馆的底层。烙饼师傅一烙好了，便将热气腾腾的烙饼小心翼翼地挂在墙上的钉子上，这些烙饼，刻意突破了传统的圆形，每一条约两尺来长，远远看去，好似挂在墙上的是一条条飘逸的头巾，蔚为奇观。烙饼上面，撒满了芝麻，一小口一小口地吃着时，芝麻的浓香，便缠缠绵绵地在口腔里转来转去，吞咽以后，那种勾魂也似的香味还依依不舍地曳在口腔里。

尝到最"新鲜"的烙饼，是在东部的美曼岩石村（Meimand Rocky Village）。这个具有千年历史的岩石村，是个原始朴实而别具风味的古老村庄。1000余位居民，散居于村内400余个石灰岩洞穴里。居民以务农和放牧为生。农作物又以小麦为主，小麦收成之后，便磨成粉，用以烙饼。正是农闲时节，几名妇人蹲在洞穴外面的空地上，烙制面饼。只见她们十指齐用，在大大的碗里不断地搓呀揉呀，把原本桀骜不驯的面团揉弄得服服帖帖，再搓成一团一团，压得扁扁扁扁的，放在黑色的平底铁锅内，将锅子置于原始的石灶上，叠柴生火。不消一会儿，烙饼的香味便像被风扬起的沙尘一样，散得满天满地。慈眉善目的农妇以长着厚茧的手将烙好的饼取起，慷慨万分地送给我。感受到她恳挚的诚意，也不推辞，便欢天喜地地接了过来。那饼，结实、丰满，十分性感，捧在手上，不但觉得它有生命，而且，还有灵魂呐！它烫手，也烫嘴，吃着时，连袅袅的烟气也一并吞了进去，那种暖身又暖心的感觉，便从舌尖一直一直美美美美地延伸到胃囊里。

我个人认为：烙饼已经成了伊朗"旅游景观"的一部分。在伊朗各大城市逛游时，总会在大街小巷里看到当地居民手里提着一条条或捧着一沓沓赤裸裸的烙饼穿街走巷，行色匆匆地赶回家去；家里，围坐在餐桌前饥肠辘辘的家人，正望眼欲穿地等……

对于伊朗人来说，只要一日三餐能有白花花的大米饭、能有香喷喷的大烙饼，生活里所有的辛劳、奔波、挫折、磨难，通通通通都不足挂齿了。

原载于台湾《小说族》月刊
2002年第166期

包菜与洋葱

朋友悻悻然地说：

"她当我是包菜，我把自己变成一只洋葱。"

好奇地追问缘由。

朋友余怒未消，滔滔不绝：

"才第一次碰面，便调查身世，问我收入、问我年龄、问我恋爱史、问我丈夫的职业、问我住房类型、问我家庭状况、问我孩子学业、问我休闲活动、问我社交活动，问问问、问问问，以为我是一棵包菜，剥了一层、又一层、再一层，剥个精精光光还不肯罢休。今天又来，才一开口，我便化作一只洋葱，她只剥了一两层，便知难而退。"

拍手称快。

众人碰上"剥菜能手"，往往怨声载道，却又无计可施。不甘被剥而层层被剥的那种感觉，难堪、难过、难忍、难耐。

犀利地把自己化成一只洋葱，是最佳对策。

白果

白果不好应付。

它的壳很薄，死硬；它的膜很软，紧黏；它的心很细，苦涩。

父母爱吃白果腐竹糖水，所以，在闲来无事的下午，我们常与白果"奋战"——以钳子压裂它的硬壳、以温水烫松它的薄膜、以牙签挑出它的苦心。

压裂白果，内蕴学问：压得太用力，果仁扁烂汁流淌；压得不够力嘛，果壳陷而不裂。父亲功夫修炼到家，通常夹子一按，白果便应声而开，露出了淡褐色的薄膜。把白果泡在温水里，少顷，取出，被温水泡过的薄膜，蓬蓬松松的，母亲以养得长长的指甲轻轻一剔，那膜，便被灰头灰脸地褪下了。这时，我已拿着尖头牙签严阵以待了。以拇指和食指夹着体态丰满的白果，将牙签从尾端刺入，如果一刺而中，那一条细若花蕊而苦若黄连的白果心，就会轻轻巧巧地从白果的顶端掉出去，如果屡刺不中，伤痕累累的白果便会因此而呈现头尾糜烂的恶相。陈旧的风扇"咿呀咿呀"地荡出几许古老的风情，父亲和母亲有一搭没一搭地闲聊着，三个人三双手不断地压着、剥着、挑着，白果那一缕若有若无的香味幽幽地浮荡着。白果腐竹糖水的味道如何，坦白地说，我已不复记忆了，但是，一家子为了饭后点心而同心合力地忙碌不休的美好情景，却是镶嵌在记忆里一颗闪闪生光的明珠。

返璞归真

在样样讲求实效的现代社会里，人与人之间的友谊，与用微波炉炊煮而成的食物并无两样：快热、快熟，表面上看起来无懈可击，然而，友谊的深层却缺乏了一种"忧患与共"的美丽情愫。

十多年前初次使用微波炉来蒸煮食物时，觉得新奇而又神奇。将一大条鱼或是一大盘肉饼置入炉子里，不消片刻，它便静静地、速速地完成了使命。欢喜之余，毫不犹豫地将用了多年的双层蒸锅扔进垃圾桶。然而，渐渐地，怅然若失，但又说不出一个所以然来。一日，受邀到朋友家中做客，看她在煤气炉上蒸鱼。火势极旺，水汽极猛；红红的火光把厨房映照得活色生香，咕嘟咕嘟的水汽将厨房弄成一片朦胧的诗意。蒸好之后，锅盖一掀，大蓬大蓬的烟气好似久别的亲人般迫不及待地扑面而来，一时间鱼香弥漫，人人垂涎欲滴。这时，一直悬在心中的那个问号突然间有了答案。是了是了，高科技的微波炉能够使食物毫厘不差地呈现一种无瑕的完美，然而，没有人力参与的寂寞，却使煮成的食物像个曲高和寡的艺术品，欠缺了一种应有的人气与活力。极端怀念这份糅合了火气、水汽与烟气的热闹，所以，又"重拾旧欢"地买回了一个双层蒸锅，让厨房恢复了旧日景观。

在样样讲求实效的现代社会里，人与人之间的友谊，与用微波炉炊煮而成的食物并无两样：快热、快熟，表面上看起来无懈可击，然而，友谊的深层却缺乏了一种"忧患与共"的美丽情愫。只是，在烹饪上我有选择"返璞归真"的自由，在改善人际关系这一点上，我却有"返魂乏术"的无力感。

巧克力蛋糕

教师节的前一天，女儿花了足足一整个下午，烘制了一个大大的巧克力蛋糕，准备送给她敬爱的级任老师；蛋糕烘好后，她又顺便利用盘子里剩下的材料，做了几个小若巴掌的，让我品尝品尝。我一试，便吓了一大跳，糖下得太多太多了，那种逼人而来的甜味，在喉咙处凝成了一种极端不舒服的感觉。很想劝她改送别的东西，但看她兴致勃勃的样子，几次泛到嘴边的话，都硬生生地咽了回去。次日，她从学校回来，兴高采烈，说老师赞她富有创意。再过几天，更是高兴，因为老师在班上说了一则趣事：巧克力蛋糕带回家后，丈夫和孩子都抢着吃，抢得太剧烈，弄得父子两人差点失和；老师把自己的一份藏在冰箱里，可是，晚餐过后，拉开冰箱，却发现蛋糕不翼而飞。老师苦心"杜撰"的故事，将女儿哄得眉开眼笑，这是她平生所做的第一个蛋糕，老师批给她的"分数"，使她信心高涨。过了不久，班上组织野餐会，每个人必须带一样食品，召开班级会议时，女儿报上的名堂是"巧克力蛋糕"。开完会后，老师悄悄地把女儿拉到一边，对她说道："现在的孩子，健康意识特强，巧克力蛋糕如果能少放一点糖，相信会更对口味。"女儿自然从善如流，做成的蛋糕，当然也就比第一次进步得多了。

那位老师，在完美地顾全了学生的感情与感受、完善地保持了学生的自尊与自信的情况下，不露痕迹地纠正了学生的错误。她是位深谙教学与为人之道的良师。

考验

　　说起臭豆，百感交集。爱它，也恨它。娇嫩的草绿色，丰满的杏仁形，像是一颗一颗风情万种的眼珠儿，然而，可别看它外形姣好而色泽鲜丽，便以为可以放心放胆万无一失地吃它入肚，实际上，许多臭豆是"金玉其外，败絮其内"的，只要以刀子自中剖开，便会赫然发现，有蠢头蠢脑的虫，从那被蛀食得半空的臭豆里，鬼鬼祟祟地探出脑袋来，那蠕蠕而动的丑样子，往往令人恶心得胃口全失，有时，不慎让那虫爬到手上来，更是难受得全身毛发直竖。

　　后来，朋友教我，剥臭豆之前，先把它们倒入水里，没虫的、完好的、结实的臭豆，比较重，总会沉在水底；有虫的、中空的、糜烂的臭豆，比较轻，总会无所遁形地浮在水面上，泾渭分明，毫不含糊。

　　百试百应。

　　啊，那盆水，竟是一场考验。

　　这考验，不算严峻，然而，心怀叵测的、藏污纳垢的、虚情假意的、装神弄鬼的，全都通不过考验。原形毕露，丢人现眼。

鱼刺

> 一个系统，缺乏良好的监察制度，等病况恶化而病征浮上表面时，才来亡羊补牢，为时已晚。

谈兴极浓的叔叔在吃鱼时囫囵吞枣，吃着、吃着，忽然，话止、动作停，像是电影里的一个凝镜。然后，他说："我吞了鱼刺。"众人大为紧张，纷纷起身，端饭、取醋、拿面包，想以土法为他去掉喉中刺。叔叔摇头拒绝，说："不行，痛得很厉害，必须马上去医院。"叔叔一向是个不轻易诉苦的铁汉子，此番主动提出寻医要求，想必情况不妙。火速送他去急诊室。奇怪的是，医生用反光镜"喉里寻他千百度"，鱼刺踪影全无。送他去照X光，亦是坦坦荡荡一片大好净土。众人这时七嘴八舌，妄加臆断，无一例外地指叔叔杯弓蛇影、草木皆兵。叔叔风雨不动安如山，只对医生说："有鱼刺，我肯定有，你们一定要帮我取出来。"医生请来专家，专家决定用一种精细的仪器作深入的检查。一番折腾之后，果然在一个极为隐蔽之处发现了那根兴风作浪的鱼刺，尖尖、细细、长长，有极强的杀伤力呐！叔叔如释重负，众人却为刚才不负责任的议论而感羞愧不安。

其实，大家都忽略了，许多毛病，是肉眼难及的，然而，看不到绝不意味着不存在，反之，隐匿得越深，危险性便越大。

身体是如此，机构亦如是。**一个系统，缺乏良好的监察制度，等病况恶化而病征浮上表面时，才来亡羊补牢，为时已晚。**

仅此一次

非常喜欢吃某个摊子的鱼丸面。那鱼丸，饱含弹性而又鱼味浓郁；那面，清爽适口而不粘不腻，两者配搭得天衣无缝，百吃不厌。最近，再去光顾时，千不该万不该，居然让我看到了摊主一个令人感到极端恶心的小动作。他当时身着短裤，小腿上那一大片红红的痱子清晰可见，也许是奇痒难当，他伸手去搔，搔了好几秒后，居然便"赤手空拳"地去抓那肥白可爱的鱼丸。

我差一点昏了过去。从此，罢吃。

好友知悉，笑道："也许，他就失误这么一次，你怎么就判他死刑了呢？"

嘿，"一失足成千古恨啊"！古训不是早已有了吗？

其实，许多大错铸成，正因为人们小觑了这仅仅的一次。人人都抱着侥幸的心理：才一次罢了，怎么会那么巧被撞见、被查到、被发现、被抓着、被逮住呢？偷食禁果的、偷尝一夜情的、偷泅赌海的、偷试毒品的、偷盗东西的，通通通通都以同样的方式来为自己壮胆。

结果呢，仅仅一次，便成了他们生命中永远的伤痕。他们哀哀悲叹："为什么我那么倒霉呢？"

实际上，那"仅仅的一次"，只不过是一个开端而已。如果幸运过关，这个"第一次"，可能便是以后"无数次"的"滥觞"了。

杀蚁记

一物治一物，对症下药，事半功倍。

也许是我爱做而又常做点心，很不幸地"吸引"了无数无数的蚂蚁，日夜不停地在我家厨房爬进爬出——曾经尝过"甜头"者，屡屡回访；不曾试过美味的，焦躁地守候。这些蚂蚁，不是普通的小，反之，大得可厌、可怖、可恨。深褐近黑，一只只毛茸茸的脚清晰可见，超级自信、极端贪婪，大咧咧地进进出出，太岁头上动土，惊人地嚣张。

我忍着，忍着，终于，忍无可忍，一见它们，便准备热水，泼之、烫之，群蚁逃的逃，伤的伤，死的死，整间厨房，一片无声的呐喊，处处狼藉。

讨厌那种湿漉漉的善后工作，一日，经过杂货铺子，看到一支支闲闲地挂着的苍蝇拍，灵光一闪，如遇救星，买了一把，喜不自抑地赶回家去。

蚂蚁再来，便模仿武士挥刀，手起手落，群蚁如遇陨石，集体丧命。百发百中，从未失手。嘿，工欲善其事，必先利其器。找到对付蚂蚁的良策，十分得意。

一回，好友到访，送我一盒蛋糕，我随手搁在厨房。群蚁闻风而至，我拿起苍蝇拍，一阵"噼啪"乱响，群蚁集体回归老家，真是"神乎其技"呐！好友伫立一旁，静静地看。我得意洋洋，正待炫耀，冷不防她愕然问道："为什么不用杀蚁粉？斩草除根，一劳永逸呐！"啊，当头棒喝令我作声不得。错用对策，只见微效，居然踌躇志满地想四处张扬，真是典型的"井底蛙"心态！

从善如流，大买杀蚁粉。群蚁吃了之后，身染痼疾，回去蚁窝，一传十、十传百，不消多时，便销声匿迹了。

一物治一物，对症下药，事半功倍。

金箔

太平盛世的日子，过得越来越奢华了，人们在饮食上尝新、尝奇、尝怪，出尽法宝之后，搜索枯肠，居然想到吃金箔。

把那闪闪发亮的金箔粘在晶莹剔透的生鱼片上、裹在珠圆玉润的大圆饼上、放在冰清玉洁的白豆腐上、点在一团欢喜的巧克力上、装饰在花团锦簇的五彩冰淇淋上、点缀在福泰富贵的奶油蛋糕上；或咸或甜，精雕细琢地吃、异想天开地吃。吃得金碧辉煌、吃得纸醉金迷；吃完以后，整个人，由顶至踵，金光闪闪、金星乱冒，活像一座能说会动的"金字塔"。

金箔可口与否，我未曾尝过，未敢置喙。然而，我所担心的是：金晃晃的金箔下肚之后，如果不明事理地把饕餮一肚子的不合时宜、满肠子的假仁假义，全都雪亮雪亮地照得一清二楚，而又全都借着万丈的金光昭告天下，那么，这个"金灿灿"的残局，该怎么收拾呢？饕餮，能在众目睽睽之下，使个"金蝉脱壳之计"而脱离困境吗？能吗？能不能啊？

粥

> 白白一碗到白头，无滋无味过一生。

　　一向不爱粥，嫌它淡然无味。稀溜溜，白惨惨，像是一篇老爱说教而又说得毫不精彩的文章，拖拖拉拉、长里长气；看着不入眼，尝了不对口。所以，绝少沾唇。

　　最近，住家附近新开一个小摊子，出奇制胜，专卖鱼生配白粥。晶莹剔透的鱼肉，一片片削得薄薄薄薄的，像琉璃。鱼肉上面，撒了黄灿灿的姜丝、红艳艳的辣椒丝、绿油油的青葱，还滴上了宛如夕阳一般金闪闪的麻油和有若山泉一样清澈的酸柑汁。五彩缤纷，璀璨亮丽。一看满眼绚烂，再看满心欢喜，三看满肚馋虫纷纷蠕动。手起手落，鱼片入粥，一番搅动之后，满碗华彩，好似烟花欢喜地在碗中绽放。舀起一尝，哇，刚刚被烫熟、多一分嫌老、少一分嫌生的鱼肉，软、滑、嫩、鲜，恰到好处；那调味品，咸、酸、辛、辣、香、腴，百味齐集；吃着时，那种令人三生难忘的好滋味啊，足以将人的灵魂"啪"的一声歼灭掉。

　　多像人生。**白白一碗到白头，无滋无味过一生。**

　　然而，勇敢地另辟蹊径，在大大的碗中加入梦想、目标和希望，再加入努力和奋斗、恒心和耐心，那一碗粥，便有了截然不同的风情。

水晶球

信人莫疑，疑人莫用。

　　家里的三个孩子都非常喜欢我煎的马铃薯饼。这道小食，看似简单，然而，要掌握得恰到好处，必须懂得几个小秘诀。女儿长期看我做，无形中也学会了。一日，在厨房里忙不过来，嘱她代做。我一面忙着其他的事，一面偷眼觑她，一看到有不对劲的地方，立刻发施号令："喂，马铃薯捣得不够烂！"少顷，又喊，"喂，火腿切得太大块了！"这时，女儿抬头看我，说："妈妈，你叫我做，便应该信任我，由我全权处理！"

　　啊，是是是，**信人莫疑，疑人莫用**。

　　不再出声，任由她做。

　　结果呢，煎出来的马铃薯饼居然别有风味——残留在马铃薯泥里的小颗粒，令人难以置信地带来了一种让人回味无穷的嚼劲，而切得较为大片的火腿，也使煎成的马铃薯饼产生了一股扑面而来的浓香。

　　原先在我眼中是败笔的两大缺点，居然成了蕴含新意的优点。

　　在现实生活里，我们常常一厢情愿而又固执己见地认为自己所烹调的一切食物、所研究的一切成果、所做的一切事情，都是最好的、最佳的、最全面的，因此，不敢、不肯、不愿放手让年轻的一代去做，或者，首肯之后，事事插手、插言，在扼杀创意的同时，也浇熄热诚。其实，每一件事的处理方式，都好像是一个多角形的水晶球,从不同的角度去看,都会折射出不同的璀璨,我们应该时时更换我们所站的位置,冷静地观察、虚心地学习、宽容地接纳。

过滤器

> 岁月是一个无情的"过滤器",它在慢慢流走的当儿,会把"美丽的天真"带走而让"老成的世故"沉淀。

和几位年轻的朋友到荷兰村去喝下午茶,有一位胖而不白的朋友点了一客"丰腴华美而又富丽堂皇"的冰淇淋,当她津津有味地吃着时,有人大煞风景地"点醒"她:"嘿,这客冰淇淋,热量是天文数字呢!"她双眼晶晶发亮地应道:"没关系,我喜欢。"说这话时,没有犹豫、毫无顾虑,坦率直接、爽快利落,那种"心口如一"的快乐,竟是如此痛快淋漓。

我喜欢,啊,我喜欢。

寥寥三个字,但却包含了几许"率性而为"的奔放,还有,几许"漠视一切"的潇洒。

是的是的,凡事、凡物、凡人,只要"我喜欢",旁人的看法、目光、感觉、言论、毁谤、谣言,都是无关宏旨的;只要"我喜欢",我的世界,便会熠熠发亮;只要"我喜欢",我便有权支配我自己的一切。

然而,**岁月是一个无情的"过滤器",它在慢慢流走的当儿,会把"美丽的天真"带走而让"老成的世故"沉淀**。这时,任性地说"我喜欢"的专利权已被取走了。你会三思而后言,就算心里真的喜欢,但是,你已学会了权衡得失、你也学会了察言观色,如果发现时势不利,你也许会急流勇退,也许会三缄其口,你唯一不会做的是:昂首坦荡地对别人说:"我喜欢。"岁月在把"成熟"赋予我们的当儿,也无条件地附送了一份"虚伪"。

稀有品种

一群艳光四射而罗敷有夫的白领丽人在餐馆里聚会而高谈阔论。谈及厨事,人人皱眉,嫌腻、嫌油、嫌脏、嫌琐碎、嫌累赘,通通都是"十指不沾阳春水"之辈,她们异口同声地说:反正有佣人嘛,不就交由她们去煮啰。说着,却又忍不住以佣人的厨艺作为笑料,揪出一桩一桩糗事,笑得花枝乱颤。

这时,一位在出版社工作的女子,突然老实巴交地说:"我爱厨艺,家里的膳食,都是我自个儿处理的。"看看众人的表情,又说,"也许,我较落伍。"

这"落伍"的女子,以满手油腻营造一屋氤氲的香气,当盖子一掀,从瓦钵里骤然冒升上来的团团烟气里,有她丈夫与孩子闪着健康亮泽的笑脸。

又一日,受邀到一位经理的家做客。尽管家有女佣,可是,每一道菜都是他漂亮的夫人亲手烹制的,琳琅满目、色彩缤纷。他在自豪之余,忍不住自炫:

"我太太一进厨房,十八样武艺样样精通。"

朋友群中,突然响起了一把悲凉的声音:

"可惜精通厨艺的女人现在已是稀有品种。"

一时附和之声不绝于耳,此刻,那一群衣冠楚楚的男士,脸上居然都遏制不住地露出了一抹惆怅之色……

豆腐穿针孔

人生苦短，我们必须认清自己的本分，确定努力的目标，才能事半功倍地活出自己的精彩。

在报上读及一则趣闻：

"被誉为厨师界奥林匹克的中国厨师节在中国广东顺德举行，来自25个国家的2000名厨师，比刀工也比手艺，人人都想成为真正的食神。参加者身怀绝技，其中有位厨师，蒙着眼睛凭触觉而展示刀工，他切的，可不是肉，也不是菜，而是触手易碎的豆腐！在这位厨师巧夺天工的刀法下，完完整整的一块豆腐，转瞬间便变成了宛若细雨般的豆腐丝；让人目瞪口呆的是：这些纤细如发的豆腐丝，居然还可以穿越针孔！该名厨师表示：一盒小小的豆腐，可以切上十万根豆腐丝，而让两根豆腐丝同时穿越一个针孔，一点问题也没有。"

这刀法，神乎其技，的确惊人。

"台上一分钟，台下十年功"，这厨师，究竟花了多长时间、费了多少心血，才练成这门绝技的？

当他在众目睽睽之下，将细如白线的豆腐丝穿越针孔时，必然能够赢得满堂喝彩声，可是，我想知道的是：他的身份，究竟是哗众取宠的艺匠，抑或是调弄美味的大厨？他要做的，到底是一袭需要穿针引线的"豆腐衣"，抑或是让人味蕾惊艳的"豆腐羹"？

费时费力练就的功夫，却无助于他专业的拓展，也无法使他的厨艺更为精湛，值得吗？

换成是我，我会日夜精研如何把豆腐变出

千种万种让人神魂颠倒的味道,而绝不会耗时费事地去苦练那种"让两根豆腐丝同时穿越一个针孔"的"绝技"。

人生苦短,我们必须认清自己的本分,确定努力的目标,才能事半功倍地活出自己的精彩。不明本分地瞎忙而又不辨方向地盲干;偏又"不幸"地得着名不符实的赞美,也许以后便会以玩"花里胡哨"的噱头终其一生。

在重庆,有名肉商,有个"一刀切"的美名——不论顾客要买几斤肉,只要报上数目,刀起刀落,准准准准的,要一斤就是一斤,要两斤就是两斤,要三斤二两嘛,也就是三斤二两;一点不少、半点不差,从不失手,是百发百中的"神刀手"。

啊,一刀,仅仅就是一刀;电光石火,手起手落;不偏不倚,功德圆满。

是天赋吗? 不可能。

"种瓜得瓜,种豆得豆"的道理,放诸四海皆准。这名肉商,在赢得"一刀切"的美名前,恐怕也是凭着"铁棒磨成针"的毅力昼夜不分地下了大功夫的。这功夫,下得好,下得妙。

因为切肉和称肉,原本就是一名肉商的本分嘛,掌握了"一刀切"这绝技后,他就能把工作做得更好、更快,而且,还能以这个他人啧啧称奇的绝技为原本单调无色的生活增添异彩,既自娱也娱人,一石多鸟、一举多得,何乐不为?

实际上,只要目标明确,恪守本分者费点心思玩玩一些利人利己的小花样,不但无伤大雅,反而妙趣无穷。

然而,有一天,倘若这名肉商突然异想天开,闭门练功,学习把猪肉雕成一朵一朵貌似玫瑰的"肉花",那就是不足为训的不务正业了。

从事教育工作者,也许能从上述两则故事得到很好的启示。

风干的胃囊

> 饕餮虽然无奇不吃,然而,食有食德,不吃有感情者。
> 偏偏人世间有许多人,专「吃」身边感情深厚者。

香港著名作家李碧华以"惊栗"二字形容汉朝一道唤作"借腹生子"的菜肴。

读了,果然毛骨悚然。

将买回来的小狗拴住,头两天只喂少许米汤或稀饭,接着下来,每天仅仅喂它金银花水或茉莉花茶水,不给任何固体食物,让它饿上七天左右。之后,将半斤猪肉切成手指粗的条状,剔除肥肉,加精盐、白糖、花椒、味精、酒等,拌匀调味,让狗儿吃。饿得奄奄一息的小狗,见肉便狂吞,吃得肚皮滚圆,再也吃不下时,扳开狗嘴,灌入大量红葡萄酒;隔五六分钟后,将饱兮兮醉醺醺的小狗吊起,一刀将肚剖开,取出热腾腾胀鼓鼓的狗胃,烟熏、风干,切片吃。

有人认为此等吃法过于残忍,然而,李碧华却独排众议地说道:

"这已够恻隐的了,保管不令你伤心。它开宗明义,用的是'买回来的小狗'。来不及发生感情,便可吃得自在。"

嘿,好个"来不及发生感情,便可吃得自在"!真是可圈可点。

盗亦有道。

饕餮虽然无奇不吃,然而,食有食德,不吃有感情者。

偏偏人世间有许多人,专"吃"身边感情深厚者。

有感情，有信任；易骗、好吃。

一蹶不振的阿绣，便是被结交20余年的好友骗去巨款的。她痛不欲生地表示：如果被路上的陌生人以一袋苹果骗取了毕生的积蓄，尽多只能归咎于自己的愚昧无知；只要感情没受伤，留得青山在，不怕没柴烧；只要看得开、放得下，就不愁没有"炉灶再起、辉煌重现"的机会。但是，原本是肝胆相照的好友，却出其不意地变成了见利忘义的小人，她无论如何也接受不了；而被好友骗财那一份贯彻骨髓的痛，也使她对人性彻底失去了信心。这种"风云变色"的痛苦经验，化成了"草木皆兵"的阴影，使她惶惶不可终日。

还有一种情况，同样不堪。

原本美满的婚姻，却因好友的介入而裂成碎片。

近在身边，说起话来细声细气，像一只温驯的猫；万万没有想到，这人竟是一头披着猫皮的虎，背着她，张牙舞爪地"吃"掉了她的婚姻。

阿华涕泪滂沱地说道：

"如果第三者是我不认识的阿猫阿狗，我就只能怪自己运气不济；但是，我和她情同姐妹，祸福与共，她竟然在我眼皮底下和我枕边人暗度陈仓，这口气，叫我如何吞得下！"

婚变原本已有烙心之痛，好友的介入，犹如在着火的地方泼上大勺的油，那种皮烂骨黑的伤势，是药石罔效的。

阿绣和阿华，一直难以从痛苦的泥淖拔足出来。失去了钱财、失去了婚姻，她们认命，但是，骗钱、夺夫的是自己的至交好友，她们不甘。

我对她们说道：

"你且把自己想象成是守门的狗，你忠于职守，把主人的财物看得如同自己性命一样重要；而主人呢，表面上爱你如珠如宝，费尽心思地喂你好猪肉、灌你葡萄酒，然而，到最后却剖取你的胃来吃。这样的经历和感觉，当然恐怖；但是，你被吃掉的，只是你的胃而已；而吃你胃囊的那个人，他的心，早已被风干了。对于一个没有心的人，你干吗还要和他计较呢？"

镜子

当我们在开口批评别人之前,一定先得照照镜子,而这面镜子,是必须随身携带的。

其一:

知道又要和这位远亲共用晚餐,我忍不住向女儿发牢骚:

"唉,同样的话,她老是说了又说,我听得耳朵都要起茧了。我敢向你担保,她今晚又会说起那些陈芝麻烂谷子的事,诸如:她被朋友骗了几万块的事;她的婆母百般为难她的事;她的邻居老是和她斗气的事;她的同事在背后捅她刀子的事等等等等。人家是报喜不报忧,她却偏报忧不报喜。虽是陈年老账,但每个细节都不放过,巨细靡遗地说、翻来覆去地说,最惨的是,连用词都一模一样,我都已经可以背得出来了,可她还是乐此不疲地说了又说,我真烦得连头脑都起鸡皮疙瘩呐!今天晚上,不如我对她说:您就别开口了,您要说的话,全都由我来说,您就专心用餐吧!"

女儿平静地看着我,说:

"妈妈,每次她要来,您都说同样的话,您这一番话,我已经听了十多回了!"

我愣住了。

女儿的话,是一面镜子。

一面很亮很亮的镜子!

其二:

同事恬敏不吃猪肉,嫌猪味臊。

然而,有一次,我居然看到她捧着一大块

肉干，吃得津津有味；另一回，又看到她一脸满足地啃食一个肥硕的肉丝面包。忍不住问她："喂，你可知道肉干和肉丝都是以猪肉烘制的吗？"她一板一眼地答："我当然知道，可是，它们都经过了加工，没有臊味。"我又追问："那么，究竟怎样烹制的猪肉你才不吃？"她说："像乳猪啦、蒜泥白肉啦，可以看到猪的形状，又可以闻到猪的原味，我就不吃。"可是，叫我觉得不可思议的是，叉烧包和猪肉包明明都同样是鼓鼓囊囊、白白圆圆的，她偏偏只吃叉烧包而不吃猪肉包。我心想：这个同事，在饮食这码事上，可真没原则。不像我，嫌羊肉腥膻，不管是烧烤羊肉、羊肉沙嗲、羊肉汤、涮羊肉，只要是羊肉，不管有羊形没羊形、有羊色没羊色，通通通通都不吃，立场分明，嫉恶如仇。

我因此促狭地对她说道："你可真是个刁钻的食客啊！"

她露出了尴尬的笑脸。

过了不久，我们一起吃糯米饭，她看到我把花生米一粒粒地挑出来丢掉，好奇地问："咦，你不吃花生吗？"我随口答道："我最爱花生了。"我可以一口气吃掉整整一斤的去壳花生；可是，一切以花生米煮成的东西，我却敬谢不敏，这包括了花生鸡爪汤、花生糊、花生酱、花生粥等等，甚至，连花生油也受不了。

大家继续深谈，我才诧异地发现，在饮食上我其实比恬敏更没原则，比如说，猪肠粉和鸡丝沙河粉我一吃便作呕，可是，鲜蛤炒河粉和牛肉炒河粉，我却百吃不厌。

恬敏笑嘻嘻地说："你的饮食习惯，不是比我更怪吗？"

我讪讪地笑，无言以对。

同事的话，是一面镜子。一面很亮很亮的镜子！

当我们在开口批评别人之前，一定先得照照镜子，而这面镜子，是必须随身携带的。

绿色的云

人世间不也有许多凶神恶煞的人吗？人人只看到他们逼人的气焰，可是，又有谁能看到他们内心深处的那份软弱，又有谁能触及他们心坎深处的那份温柔啊！

第一次在广袤无际的沙漠见到仙人掌时，觉得它既有拒人于千里之外的冷漠，又有伺机暗算他人的狰狞。

惨惨的绿色，一株一株，讳莫如深地在近乎燃烧的烈日底下直直地站着，不动声色地站成了一种天荒地老。一走近它，仙人掌上那一根一根毫不妥协地挺立着的刺，便阴冷无情地反射出一种刺目的亮光，一个不慎触及它，总是痛得龇牙咧嘴而不得不摩拳擦掌地诅咒它。然而，任你骂得天翻地覆，它依然无关痛痒地瞅着你，一派置身事外的漠然。

在感觉上，仙人掌就像是沙漠上一枚枚尖尖的绿牙，总在寻人而噬。

远远地离着它，偶尔碰上，便绕道而走。

宁可得罪君子，不可得罪小人呐！

在沙特阿拉伯住下之后，一日，受邀到当地一位朋友尤索夫家里做客，在他的后院里，看到了一个令我错愕而又惊艳的景象。

那儿，满满地栽种着的，全是仙人掌、仙人掌、仙人掌。

依然是惨绿惨绿的，依然是尖刺满布的，可是，让人难以置信的是：仙人掌的边缘，居然不可思议地长出了一球一球无比绚丽的果实，依成熟的程度而展现出截然不同的色泽：淡青、嫩黄、橙红、枣红、艳红，那像彩虹一般的颜色，将后院幻化成一个宛若童话般的璀璨世界。有趣的是：有些仙人掌，边缘处颤巍巍地结了整十颗果实，不胜负荷地向内卷曲着；有些则被拉得向外弯曲着；原该直挺挺的仙人掌，就这样被扯得扭来扭去，婀娜多姿，风情万种。

尤索夫微笑地说："这些果实，美味得很呐！"

看到我露出了饕餮般的目光，他立刻会意，戴上了厚厚的手套，将一颗熟透了的果实摘了下来，居中剖开，果肉红里带黄、多汁多籽，味道类似熟透了的柿子，甜而甘。在干旱的沙漠区里，吃这果子，不但可以解渴，还可以补充人体内水分的不足。

果实，是仙人掌无私的奉献。最初对仙人掌的印象，竟是一个错误的判断。

若干年后，到墨西哥去旅行，却又有了另一个惊人的发现。

墨西哥人嗜食的，不是果实，而是那一片一片的仙人掌。他们用刀子狠狠地将仙人掌上面的尖刺一一剔除，原本剑拔弩张的仙人掌，武装一去，戾气尽消，落在眼里，竟像是一朵一朵绿色的浮云，温柔而美丽。接着，墨西哥人想出了上百种烹煮仙人掌的方法：凉拌、干烤、油煎、腌渍、白灼、焖煮、油炸、铁板烧……

仙人掌，可怜兮兮地成了砧板上的"斋羊"，任人宰割。

这才恍然明白，仙人掌长刺，原来、原来，仅仅、仅仅是自卫的一种方式呐！典型的"面恶心善"。

人世间不也有许多凶神恶煞的人吗？人人只看到他们逼人的气焰，可是，又有谁能看到他们内心深处的那份软弱、又有谁能触及他们心坎深处的那份温柔啊！

敬业乐业

> 日日工作日日乐，工作到老乐到老，是人生一种圆融完美的境界。

婆母在世时，每逢中秋节，总向同一家小店订购月饼。

经营小店的，是个勤勤勉勉的中年汉子，平时售卖各类自制糕点，中秋节来临前的一个月，便专卖月饼。

他烘焙的月饼很圆、很饱满，显得笑意盈盈，比天上的月亮更快乐。由于饼色光灿、饼皮酥松轻软，莲蓉味道纯粹浓烈，蛋黄柔滑细腻，买客络绎不绝。捧着这样的一个月饼，就算有人要用金币来与你交换，你也是摇头不肯的。

店东不接受订单，每天限量烘焙，一卖完，便关店。"饕餮"不怕麻烦，一早便去排队；向隅者总是跌足追叹。

有人向店东建议："自己煮莲蓉，耗时费劲，你又慢手慢脚的，不如去买市面上现成的馅，省点时间，不就可以多做点月饼来卖吗？"店东只淡淡答道："不能对不起顾客。"又有人说："你下午三点便关店，生意那么好，为什么不延长营业的时间？"店东又淡淡地应道："人一累，东西便失水准。"

啊，这个中年汉子，放着钱不赚，不是嫌钱腥，而是因为他敬业；再便利的捷径他也不肯走，只因为他"不能对不起顾客"，这是多么美丽的一种坚持啊！他不肯多做，也不是因为懒惰，真正的原因是："人一累，东西便失水准"，这又是多么诚恳的一种心意啊！正因为他做月饼时精神抖擞，态度认真，心里又时时绽放着笑花，所以，才能做出笑逐颜开的月饼。

生意火红，自有前因莫羡人啊！

最近，读台湾作家陈幸蕙的散文，读及一则真实的故事，深感震撼。

故事发生于日本，有名大学女生在假期里到一家旅馆打工，她所分配到的工作是清洗厕所，第一天，当她把手伸进又脏又臭的马桶里洗刷时，差点呕吐。连续做了几天后，觉得实在挨不下去了，就在她准备辞去工作的关键时刻，她震惊地发现了一位和她一起工作的老清洁工人居然在完成了清洗工作后，在马桶里舀了一杯水，从容自在地喝下肚去。她瞠目结舌，然而，那名老清洁工人却一脸自豪地表示，经他清理过的马桶，干净得连里面的水都可以喝。

这一幕带给她极大、极强的冲击，从那一天起，她便把清洗马桶作为自我意志力的磨炼。职业无贵贱，她发现就算是做最卑微的工作，只要心态正确，依然可以创造乐趣、追求完美的。

假期结束前，当经理考查她的工作时，她当着所有人的面，在清洗过的马桶里舀了一杯水，淡定自如地喝了下去。

这个举动震撼了在场所有的人，给经理留下了不可磨灭的良好印象。大学毕业后，她被经理延揽为员工，成为该旅馆最出色和擢升最快的人。年届 37 岁时，这位名字唤作"野田圣子"的女子步入政坛，很快便得到首相的赏识而成为日本的内阁邮政大臣。据说她每次自我介绍时，总是这么说：

"我是最敬业的厕所清洁工和最忠于职守的内阁大臣……"

立业和创业，是许多人的梦想；然而，缺乏敬业精神和乐业心态，一切都是空中楼阁。

唯有敬业，才能立业；唯有乐业，才能创业。

就算没有创业的奢望，敬业，是对己对人最基本的尊重，乐业呢，则是自宠的一种美丽心态。

日日工作日日乐，工作到老乐到老，是人生一种圆融完美的境界。

麦芽糖

她的脸,很扁、很圆、皱得一塌糊涂。如果那些纵横交错的皱纹是毛线,抽出来便可以织成一件小毛衣。她眯着双眼,以垂钓的心情坐在矮矮的木凳上,铁皮桶里那晶亮的麦芽糖,是饵。行人,好似水一样,静静地从她身边流过、流过,那饵,竟构不成任何的诱惑。

女儿驻足,看,然后,蹲下,买。

老妪掀开盖子,一抹金光倏地由桶中激射而出,将她照成一块澄澄发亮的金子。她取出一根瘦瘦的木枝,轻轻插入麦芽糖里,温柔地转转、拉拉,一小团熠熠发亮的麦芽糖便无限多情地缠在木枝上。老妪说:"一元。"女儿说:"再给一支。"老妪的脸,有了若隐若现的笑意。

付了钱,女儿将两支麦芽糖并成圆圆的一大团,有一下没一下地舔着。我以不豫之色瞅着她说:"吃那么多,也不怕坏牙齿!"她低头看着手中的麦芽糖,轻轻地说:"我只想帮助她。"

此刻,麦芽糖灿烂的金光照在她那张未经世故的脸上,照出了一种深邃的美丽。

玉手镯和糯米糍

亲人骤然从空气里消失,那种永难再见的割舍,并不是最大的伤痛;最令人吃不消的,其实是生活里牵牵绊绊的许多枝枝节节,每一点每一滴,都有亲人渗透在内的影子。

陕西的南山盛产蓝田美玉。

在西安一家玉器专卖店里,一位妇人看中了一个蓝田玉手镯,套在手腕上,看了又看。柜台服务员鼓其三寸不烂之舌游说:

"蓝田玉啊,质地坚实细密,色泽清冽透明,戴在手上,保证气血畅通,越戴越绿,越绿越美!"

真有那么好吗?我凑过头去看。那玉镯,像凝在人间一圈飘忽的灵气,又像是一环氤氲于天地间的彩雾,有逼人眼目的美。生活朴实的婆母向来喜欢玉,腕上常年套着一个玉手镯,她的手镯,虽亦青翠,虽亦通透,但是,质地不似眼前这蓝田玉那般细致秀美。突然想到:给婆母捎一个吧!于是,伏在玻璃柜台上,仔细挑选。看中了其中一个晕染着朱红沁色的,正要吩咐服务员取出来瞧瞧时,一把无形的锥子,突然出其不意地插进了胸口。啊,这手镯,就算美绝人寰,又有啥用!买了,该送去哪儿,送去哪儿啊!

记得就在不久之前,一位笃信佛教的朋友,千里迢迢捎了一尊雕得惟妙惟肖的小佛像给我,欢天喜地地收下,脱口便说:"好极了,明年农历新年正好可以带回去怡保给我婆母!"话一出口,人便怔怔忡忡地掉入了一张黑色的网里了。啊啊啊,明明已经阴阳两隔,可为什么那一份情依然年年月月心里缠、肠里绕?

亲人骤然从空气里消失，那种永难再见的割舍，并不是最大的伤痛；最令人吃不消的，其实是生活里牵牵绊绊的许多枝枝节节，每一点每一滴，都有亲人渗透在内的影子。

中国南昌一位好友，长年在深圳打拼，留下稚龄孩子由慈祥大度的婆母照顾。她的婆母特爱荔枝，糯米糍是荔枝中的极品，每年六月，她必定携带一大箩上好的糯米糍飞返家门，让富于爱心的婆母大快朵颐。孩子渐大，婆母渐老；而她，事业如中天之日，越干越红火。那年夏天，家书频传，嘱她早日返家探望缠绵病榻的婆母。她迟迟没有动身，主要是那年的荔枝迟熟，而她，想要带几箩糯米糍回去孝敬来日无多的婆母。等，等了又等，等等等，等、等、等。好似熬了漫长的一个世纪，矜持的荔枝才在枝头露出了嫣红的笑靥。她化身为箭，箭上挂着一串串火红的荔枝。然而，她所乘搭的飞机还在高空翱翔着时，婆母却在病榻上咽下了最后一口气。她伏在灵前，将剥去壳的雪白荔枝沾在婆母干瘪的双唇上，比蜜糖还要甜的荔枝香气扑鼻，然而，婆母却永永远远无法再享用了。

此后多年，每逢荔枝成熟于枝头，好友总觉得那是泪，一颗一颗沾着血的泪，那鲜红的血，是由她的心叶淌出来的。她喃喃地说：

"我忽略了，荔枝可以等，生命却不能……"

尤今小语系列图书推荐

倾听呼吸的声音
——回首岁月,种一株快乐的树

尤今 著

定价:32.00元

本书分为两篇:上篇"回首岁月"主要介绍了尤今对于父母等长辈的哀思、感恩之情;下篇"种一株快乐的树"主要介绍了尤今对于子女教育的一些期望和一点体会。平实处见真情,平凡处见温情。

　　把苦口的黄连包裹在适口的糖霜里,不但是一种别具一格的教育方法,同时也是一种行之有效的写作方式。
　　如今,双亲都已撒手尘寰了,可是,当我津津有味地对孩子复述着双亲曾给我说过的那一则则趣味横溢的故事时,我却仿佛听到了双亲深具活力的呼吸声。
　　在家的园圃里,孩子是苗,苗的生长姿态往往取决于泥土的肥沃与否。双亲留给了我一大袋以"快乐"为名的"肥料",在我家圃里长成的树,每一片树叶,都闪着快乐的釉彩。
　　把书名定为《倾听呼吸的声音——回首岁月,种一株快乐的树》,蕴藏了我对双亲终生不泯的感激与怀念。

尤今小语系列图书推荐

清风徐来
——在门外挂串风铃，叮叮咚咚

尤今 著

定价：32.00元

本书分为四篇：第一篇"石头很快乐"和第二篇"在门外挂串风铃"主要介绍了一些小故事以及尤今从中得出的生活感悟；第三篇"纸盒里的爱"主要探讨了爱情与婚姻的一点启示；第四篇"人生如文学"则是作者从文学创作的角度谈处世的哲理。

把书名定为《清风徐来——在门外挂串风铃，叮叮咚咚》，是希望能与亲爱的读者们分享我的人生哲学。世界上没有久旱不雨的季节，随遇而安，在无雨的燥热里憧憬清风回旋的清凉，一旦清风徐来，就在门外挂串风铃，享受叮叮咚咚的美妙声响。

尤今小语系列图书推荐

走路的云
——用脚步丈量世界,品味生命

尤今 著

定价:32.00元

本书是新加坡著名作家尤今的旅行散文集,主要介绍了作者环游世界的一些见闻和感悟,其中重点介绍了巴基斯坦与伊朗的旅行故事和感悟。以旅行来感受生命,以异域文明来观照中华文明。

当我的心情渐渐沉淀出一片清净明澈时,我便惊讶且欢喜地发现,在无羁的自由里,我慢慢地变成了一朵云。
我以云的心情和姿态来过日子。
看天,天更蓝;看水,水更绿。
我的心,是一望无垠的万里晴空。
而我,做了自己心的主人。
以《走路的云》为书名,正是我近年的心情映照和生活写照。
我就是一朵云,一朵会走路的云。

瀚·心灵系列图书推荐

定　价：35.00元

《美好人生是管理出来的》

一本寻找人生方向及人生定位的实战手册

"管理"不只应用于企业、职场，更可以运用来管理自己的人生。本书告诉你如何活用管理原理，找到自己的人生密码，开创成功的人生。

隆重推荐
- 台湾"清华大学"原代理校长 李家同
- 台北大学原校长 侯崇文
- 台湾统一星巴克总经理 徐光宇
- 台湾逢甲大学校长 张保隆

定　价：35.00元

《影响力是通往世界的窗户》

影响力是人改变世界的一扇窗户

每个人活在世界上最大的生命意义，就是去影响别人，实现自我价值。

透过这扇影响力之窗，你得以进入屋内，找到自我；更可以走出窗外，自由发挥，发挥你的世界的影响力。

隆重推荐
- 台湾"清华大学"原代理校长 李家同
- 美国STARS集团总裁、斯坦福大学教授 余序江
- 台湾统一星巴克总经理 徐光宇
- 台湾固网副董事长 张孝威
- 台北大学校长 薛富井

作者简介

陈泽义，"台湾交通大学"管理学博士，美国加州斯坦福研究院（SRI）博士后研究员。历任台湾"中华经济研究院"研究员、铭传大学管理研究所教授、台湾"东华大学"管理学院代理院长、EMBA执行长。现任台北大学国际企业研究所教授，担任教学与研究职务已有17年。

尤今小语

尤今小语